KB170732

백수 모브

백수 모브

2판 1쇄 인쇄 2011년 2월 18일
2판 1쇄 발행 2011년 2월 25일

지 은 이   모브 · 노리오
옮 긴 이   임희선
발 행 인   김청환
발 행 처   이너북
책임편집   이선이
등   록   제 313-2004-000100호

주   소   서울시 마포구 염리동 8-42 이화빌딩 807호
전   화   02-323-9477
팩   스   02-323-2074
E-mail: innerbook@naver.com

ISBN 978-89-91486-54-6 03830

한국어판 ©이너북, 2011, Printed in Seoul, Korea
* 잘못된 책은 바꿔드립니다.
www.innerbook.co.kr

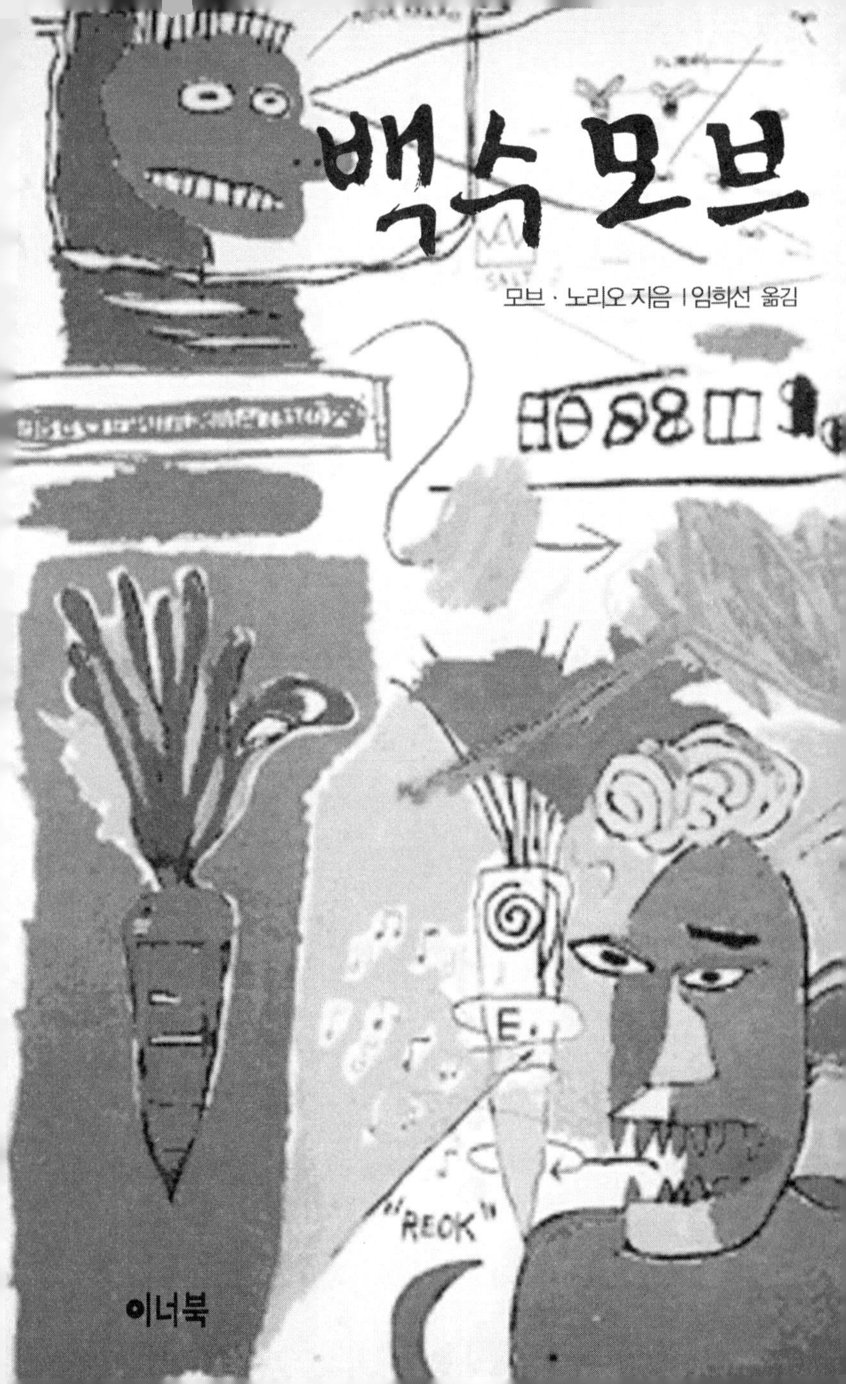

백수 모브

모브 · 노리오 지음 | 임희선 옮김

이너북

푸른 그림물감이 물을 너무 먹은 붓끝에서 똑똑 떨어진다. 하얀 도화지 위에 파란색과 하늘색 얼룩이 되어 순식간에 번진다. 색이 스며드는 속도를 따라잡지 못하고, 그저 무언가 변화가 일어났다는 사실만 상기시키는 파도의 감촉과 함께 나는 뒤에 남겨진다. 그리고 있지도 않은 노란색 잔상을 자꾸만 좇아간다. 그 노란색 잔상은 어쩌다 한번씩 나타난다. 직경 20~30센티미터의 공인지 그림자인지, 항상 시야의 왼쪽 끝이나 오른쪽 끄트머리에 축축하고 노란 무엇인가가 나타나는 것이다. 이 놈은 언제나 망막 뒤쪽에서 조용히 빛을 낸다. 어느 누구도 눈치채지 못하게 빛을 발하는 이 촉

촉하고 노란 물체를 의사는 환각일 뿐이라며 비웃을 것이다. - 있지도 않는 의사에게 조롱당하는 나를 상상하면서 웃는다. 양동이 대신 쓴 홀 토마토 깡통은 마치 방금 태어난 애완동물처럼 사랑스럽다. 깡통 속에는 물이 담겨 있는데, 붓에 묻었던 물감이 물 표면에서 흩어지지 않고 얇은 막을 이룬 채 아주 천천히 움직이고 있다. 깡통 안쪽이 빛에 반사되면서 푸른 대리석처럼 아름답게 빛나는데, 멍하니 바라보고 있는 사이에 방금 전까지 푸르게 보이던 것이 검정 혹은 빨간색으로도 보이는 것 같아, 결국에는 정확히 무슨 색인지 분간하지 못하게 된다.

하루가 끝난다. 오늘 한 일 - 낮에 혼자서 스파게티를 먹은 것과 저녁때 그림을 그려야겠다는 생각이 들어 그림을 시작했다가 결국 그림은 그리지 못하고 물의 색깔만 우두커니 보고 있었던 것 - 밖에는 생각나지 않는다. 아니다, 나는 그림 같은 걸 그려본 적이 없다. 꿈속에서 그런 광고 비디오를 보고 착각하는 게 아닐까. 이렇게 의심하기 시작했더니 내 기억은 끝도 없이 분명함을 잃고, 심지어 의심하는 행위조차 있는지 없는지도 모르며, 그저 분명한 장소에서 안정을 찾고 싶어하는 것뿐이라는 생각이 들었다. 이런, 빌어먹을. 친구여, 내가 이렇게 이야기하고 있다는 것 자체가 미치도록 미심쩍어 죽겠다. 꿈인지, 현실인지, 광고 비디오인지, 대마초의 재에서 생긴 변명인지, 내 영혼은 깨달았다가 다시 헤맨다. 친구여, 내 얘기는 아무래도 거짓말투성이가 될 테니 그냥 흘려들어라.

난 부끄럼을 많이 타는 남자다. 스파게티 이야기는 적어도 어제 이전의 일이고, 어쩌면 벌써 2년 이상이나 지난 일인지도 모른다. 아니면 실제로 오늘, 그것도 방금 전에 먹었기 때문에 지금 내 위가 거북한 건지도 모른다. 아무튼 내가 저녁으로 만들었던 스파게티는 토마토의 신맛이 너무 강해서 모처럼의 단란한 저녁 식사를 망쳐버렸다. '단란' 이라고는 하지만 하반신 불수인 할머니를 집에서 간병해야 하는 가족이 꾸리는 '단란' 이란 사실 노동이다. 노동은 즐겁게 하지 못하면 금세 징벌의 양상을 띤다. 오늘은 단란 같은 것도 없었다. 옆방에서 원망하듯이 이쪽을 노려보는 할머니를 자리에 방치해 둔 채, 나와 어머니는 부엌 야영지에서 할머니의 시선에 등을 돌리고, 이상하게 서로의 눈치를 보면서, 음식의 괴상한 맛을 잊어버리기 위해 말없이 밥을 먹는 병사들이었다. 쉴 새 없이 축적된 자신의 피로를 되씹고 있는 것 같은, 싸움의 연장선상에 있는 것 같은 만찬이었다. 이상

끝. 오늘의 이야기를 하겠다.

오늘은 바닥에 축 늘어져서 카우(Cows)의 '캐빈 맨(Cabin Man)'을 열세 번 들었다. 열세 번, 하고 일부러 헤아리면서 레코드에 바늘을 올리는 놈이 과연 있을까. 하기야 나는 에릭이 복사해 준 시디밖에 가지고 있지 않지만, 아무리 우울한 감정을 완전히 죽여버리는 음악이라고 해도, 내가 정말 좋아하는 곡이라고 해도, 진짜로 들은 것은 기껏해야 대여섯 번 정도일 것이다. 이 노래는 투신자살한 사람의 노래다. 'cabin man'의 뜻은 'shut-in'이라고 배웠다. 차로 건널 때마다 신경이 쓰였던 다리, 아마 미국의 어느 대도시에 걸린 거대한 교량일 것이다, 그 꼭대기로 남자가 기어오른다. 다리 아래 까마득한 허공을 가만히 내려다보며 앞으로 몸을 기울이려고 하기 직전에, 남자는 다리에 붙어 있던 커다란 바퀴벌레를 발견한다. '바퀴벌레는 다리 꼭대기에서 무엇을 하고 있었을까?' 이것도 남자의 실수인데, 곤충학자가 아니었던 남자는 본능적으로 벌레를 밟아 죽이려다가, 금세 다시 발을 오므린다. 남자가 손을 내밀자 바퀴벌레는 그의 팔 중간 정도까지 기어 올라온다. 바퀴벌레는 이십 분 가량 남자의 맨팔에 가만히 붙어 있었다. 남자는 생각할 것을 생각하고, 느낄 것을 느끼고, 바퀴벌레는 더듬이를 움직이고 있었다. 갑자기 바퀴벌레가 날개를 펼쳐 하늘 높이 날아가버렸다. 그리고 다리 위에 있던 남자는 밑에서 누가 소리를 지를 때까지 혼자서 계속 울었다. 바퀴벌레가 날아가버린 하늘과 다리 꼭대기 사이에 끼어서 홀로 울고 있었던 것이다. "이봐, 아저씨! 정신 나갔어? 거기서 지금 뭐하고 있는 거야?" 이것이 철교 밑에서 들리는 누군가의 목소리였다.

 "사실 이 나라에서 자살하는 사람의 수는 해마다 증가하고 있는 모양이야." 정신과 치료를 받고 있는 친구가 일요일 새벽 네 시 반에 전화를 걸어 털어놓듯이 시작한 이야기다. 이런 한밤중인지 새벽인지도 모를 시간에 잠자는 사람을 두들겨 깨워서 말이다. 이 멍청아, 그건 당연한 얘기지, 뭘 그렇게 거창하게 말하는 거야, 우린 모두 산 채로 죽은 사람들이잖아…… 만약 네가 자살할 날이 정해지면 네가 가진 물건들을 모조리 팔아치워서 그 돈을 내 미쓰비시 계좌로 입금한 다음에 실행하도록 해. 시체는 돈을 쓰지 않지만 난 마리화나를 사기 위해 살아 있으니까…… 야, 야, "넌 어벙해서 좋겠다"가 뭐냐, 왜 웃는 거야, 이 미친 새끼야. 놈에게 'Cabin Man'을 들려줬더니 어디에나 있는 흔해빠진 백인놈의 시끄러운 음악이잖아, 별 것 아니네, 하고 지껄이는 것이 아닌가! 의사가 주는 약을 배가 터지도록 들이켜고 있는 주제에! 하지만 아무래도 그 놈에게 Cows를 들려준 일은 없었던 것 같다. 나한테 툭하면 '생명의 전화'를 걸곤 했던 그 놈은 그 뒤에 집을 떠나 자기 혼자 생활하기 시작하더니 딴 사람처럼 건강을 되찾았다. 게다가 '핸드폰의 미팅 장소'인가 뭔가 하는, 서로 모르는 이성과 만나는 곳에 수시로 들락거리더니 세상에, 간호사 애인까지 생겼다고 한다. 그렇게 되더니 나한테는 연락 두절이다! 내가 미친놈들을 상대해주는 카운슬러냐? 아니면, 내가 미친놈이라고 생각하고 있는 거냐, 친구? "야, 너 아직 애인도 없다며? 간호사는 끝내준다!" 만약 녀석이 내게 이런 전화를 걸어온다면, 난 신문에 실린 자살 기사를 오려서 매일 그 놈한테 보낼 테다, 무슨 일이 있어도. 의사가 주는 기분 좋아지는 약을 나도 좀 달라고 한 백 번은 말했을 텐데 끝까지 함흥차사였지. 하지만 좀 이상한 놈이니까 내가 용서해주지.

'Cabin Man'이 말이다, 자기한테 고함을 지른 사람에게 뭐라고 대꾸했는지 알아? "Hey you fuckin' idiot? What are ya doin' up there?" 이건 가사에서 유일하게 '나'가 아닌 남의 목소리다. "거기서 뭐하고 있는 거야?"보다 "너 어딜 올라간 거야?"라고 번역하는 편이 더 잘 어울린다. 뭐, 재미없다고? 이제 그만할까? 자살 노래 같은 건 사실 너무

우중충하지. 그냥 오늘 있었던 일 얘기나 계속해야겠다.

개 두 마리한테 훈제 닭고기를 찢어서 줬던 것 같아. 아니, 잘못 말했다. 줬던 것 같다가 아니라, 분명히 그 개들은 꼬리를 흔들면서 좋아하고 있었어. "앉아!" 하는 명령에 엉덩이를 땅바닥에 붙인 채 두 마리가 나란히 킁킁거리고 있었지. 눈 깜짝할 사이에 닭고기를 꿀꺽 삼켜버린 후 또 주워먹을 게 없겠다 싶으니까, 놈들은 사라져버린 식감과 맛이 아까운지 얇은 혀를 날름거리면서 자기 입 주변의 고기 찌꺼기를 정성껏 핥았어. 뭘 바라는 듯한 눈동자로 가만히 나를 쳐다보면서 말이야. 그렇게 슬픈 눈길은 개가 아니면 가질 수가 없는 거다. 그런 다음 사회보험협회에 간병기구 대여보조금 문제로 전화를 했다. 간병보험이 이미 시행되기 시작했는데, 예전부터 있었던 사회보험과 병행해서 이용할 수 있는지 아직까지도 분명하게 알 수 없다는 말을 들었다. "저희도 정말 빨리 알고 싶은데 판단할 기준이 없어서 난감한 상태입니다. 이번 달 말까지는 어떻게 해서든 알 수 있을 것 같기는 한데, 그래도 지금 시점에서는 제 입으로 뭐라고 말씀드릴 수가 없을 것 같은데요." 끈질기게 죄송하다는 인사를 되풀이하는 담당자는 추궁에 익숙해진 공손한 자세로 사과하고 있었다. 남자의 진땀을 흘리는 듯한 목소리는 오랜만에 듣는 것이어서 반갑기도 했다. 내가 영업직에 있을 때 거래처나 운송회사, 실수를 저지른 인쇄업체 등에서 전화로 질리도록 들었던, 모든 책임을 혼자 뒤집어쓴 듯한 목소리다. 내 목소리? 나는 정말 난처해하는 그 목소리에 옅은 공감을 느끼며 수화기를 내려놓고, 손에 든 A4 봉투 겉에 메모를 남겼다. '월말, 전화 오지 않으면 전화할 것'

　낮에는 여름 이불을 가슴까지 덮고 누워 있는 할머니에게 뺨을 비비며, 어린아이처럼 매끄러운 살결의 냄새를 맡았다. 할머니는 누워 있다고는 해도 전동침대의 머리 부분을 20도 정도 일으키고, 움직일 수 없게 되자 가운데가 꺾이듯 휘어진 다리를 끌어올려 무릎을 세운 어정쩡한 자세로 누운 상태에서 눈을 뜨고 있었다. 할머니의 팔과 다리, 몸은 앙상하게 말라버렸다. 아니다, 전보다 약간 뚱뚱해지기 시작했다. 아마 영양분을 충분히 섭취하고 있기 때문일 것이다. 할머니는 크게 다쳐서 몸을 움직이지 못하게 되었을 뿐이지 병에 걸린 건 아니었다. 그래서겠지만, 구급차로 실려온 후 퇴원할 때까지의 석 달 동안 할머니가 어땠는지를 아는 간호사들은 정기검진 때 할머니가 아주 평범한 노인이 보이는 온화한 표정을 지으면 깜짝 놀라곤 했다. "와아! 정말 건강해지셨네요!" 할머니가 잘 키우셔서 손자가 이렇게 착하군요, 하고 할머니의 기분을 살살 간질여주었다. 당근, 당근, 당연한 것 아니야, 친구! 나만큼 훌륭한 가족들 속에서 자라난 인간이 이 세상에 존재하겠느냐 말이다.

　얼마 전에 친구랑 오랫동안 전화기를 붙들고 앉아 이야기하면서 아무 생각 없이 앞에 놓인 종이조각에 낙서를 해버렸는데, 나는 보기 드물게 뚜렷하고 힘찬 선으로 천지가 완전히 뒤집혀진 집을 그렸고, 그 집 안에서는 세 사람의 인간이 똑바로 서서 두 팔을 들어올린 채 웃고 있었다. 아아, 그런 꿈을 꾼 것 같은 생각이 든다. 이게 우리 집이야. 할머니가 치매로 돌아다니는 버릇 때문에 넘어지기 전보다, 오히려 지금의 가족 사이가 더 친밀하다. 겉으로는 집안이 뒤집혀졌지만 실제로는 모두들 더 많이 웃으며 생활하고 있다. 지금의 나는 그렇게 생각하고 싶은 것이다. 당시 나는 마리화나 이외의 일, 더구나 가족에 관한 일 같은 것은 아무래도 상관이 없었고, 어머니까지도 할머니의 치매에 대해서 약간은 포기한 상태였다. 할머니도 자기가 일단 입 안에 넣었던 반찬이나 과자를 침으로 축축하게 만든 다음 개에게 주는 것을 낙으로 살았는데, 언젠가는 조그만 짙은 밤색 닥스훈트를 소중하게 가슴에 안고 "얘 새끼가 있었는데. 분명히 강아지가 있었어. 이상하네, 어디로 숨었지?" 하며 찬장에서

부터 싱크대 밑까지 문을 열고, 겹쳐 놓은 밥그릇 뒤쪽이나 말린 포를 넣어둔 종이상자 밑바닥까지 있을 리가 없는 강아지를 찾아 돌아다녔다, 꼭 농협의 저금통장을 숨겨둔 장소를 잊어버렸을 때처럼 끈질기게 말이다. ― 그런 강아지가 있었다 해도 상자 밑바닥에 스티커처럼 들러붙어 있을 리가 없는데, 할머니는 자기 생각의 비현실성을 깨닫지 못하고 있었던 것이다. 지금으로서는 반대로 그때 할머니가 다치지 않았다면 어떻게 되어 있을까 하는 생각까지 나는 한다. 나는 여전히 할머니를 상대하지 않고, 어머니와도 제대로 마주하지 않은 채, 자기 혼자서 살아온 것 같은 얼굴을 하며, 이기적으로 '음악'에 대한 것만 생각하여 할머니를 더욱 고독하게 만들었을 것이다.

벌써 몇 년 전의 일인지 모르겠지만, 할머니가 종종 한밤중에 어두운 복도에 우두커니 서서, 오줌을 싸서 서늘하게 젖은 잠옷을 벗을까 벗지 말까 망설이게 된 이후로는 어머니가 할머니와 같은 방에서 자면서 매일 새벽 두세 시에 오줌을 싸는 할머니의 잠옷을 갈아입혀주었다. 만약 지금처럼 내가 나 자신의 의지로 할머니의 시중을 들게 되지 않았다면 밤에는 할머니를 돌보고 낮에는 일을 해야 하는 어머니의 그 노고를 헤아려줄 수도 없었을 것이다. 귀찮을 것 같다는 이유로 그것을 집안 여자가 할 일, 즉 어머니의 일이라고 보았고, 그래서 그 의무를 면제받아도 좋다고 생각하여 매일 밤 혼자서 음악과 대마 흡입에 빠져 있던 나. 다만 신기하게도 지금 할머니에게서는 예전의 치매기를 찾아볼 수 없고, 할머니의 눈은 예전처럼 평온한 빛을 되찾았다. 바로 얼마 전에도 근처의 아는 집에 장례식이 있어서, 어머니가 조의금을 얼마나 넣어야 할지 그 집과의 친분을 생각해내려고 "아버님 장례식 때도 그 집에서 우리한테 만 엔을 냈으니까, 어머니, 우리도 그 정도면 되겠지요?" 하고 휠체어에 앉은 할머니에게 의견을 말했었다. 그 집하고는 그렇게 오랫동안 알고 지낸 사이도 아니고, 그들이 우리 논밭을 갈아준 것도 아니잖아요. 어머니 나름대로의 의견에 할머니는 고심하는 듯 시선을 한군데로 고정시켰다가 어머니 쪽으로 얼굴을 돌렸다. 그러고는 집안의 어른답게 침착한 거동으로 크게 고개를 끄덕였다. 할머니는 아마도 마음속으로 오래 관계해온 마을 집안끼리의 특유한 역사를 되짚어보았을 것이다.

두개골에 큰 충격을 받은 것 때문에 팔십이 넘은 노인의 치매가 개선되었다면 아마 아무도 믿지 않으려 할 것이다. 그러나 현실이 그러하니 나는 그 사실을 기꺼이 받아들인다. 입을 거의 움직이지는 못하지만 이쪽의 의도를 할머니에게 말로 전달할 수는 있는 것이다. 아니, 아니, 받아들이고 자시고가 없다. 나는 의식조차 없었던 할머니가 알아듣건 말건 매일 매일 말을 걸었고, 그런 말의 열기가 할머니에게 전달될 가능성에 대해서는 일말의 의심조차 해보지 않았으니까. 목숨이 위태로울 정도로 중태에 빠져 있던 할머니가 노망이 들었다고 의심한 적이 나는 한 번도 없었던 것이다. 잘 생각해보면 예전에는 노망이 들었던 것 같다고 회상하는 나와는 달리, 할머니의 치매를 오랫동안 지켜보셨던 어머니는 할머니의 변한 모습에 제일 먼저 "어머니가 정신이 맑아지셨네!" 하고 놀라움을 나타냈다.

얼굴을 가까이 대면 할머니는 언제나 입을 크게 벌리고 미소를 짓는데, 그때 뭐라고 말하는지는 좀처럼 알 수 없다. 할머니의 말은 그저 아하하, 혹은 아아아, 라고 들린다. 그러고 나서 할머니는 오른손이나 왼손으로 내 팔을 꼭 붙잡고 리드미컬하게 흔든다. 할머니가 예전에 '미스 나라'에 뽑혔었다는 사실을 얼마 전에 처음 알게 되었는데, 그래서인지 할머니는 병원에서도 귀엽다고 인기가 많았다. 젊은 간호사들은 할머니에게 "좋으시겠어요, 피부가 이렇게 매끈매끈해서" 하며 부러워하곤 했다. 건너편 침대에 있던 아줌마의 딸은 고등학생처럼 보였는데 "할머니의 볼, 한번 만져

봐도 돼요?"하고 할머니에게 다가왔을 정도였다. 귀여운 할머니, 하고 부르면서 말이다. 나는 매일 밤, 전 미스 나라의 풀어헤친 앞섶을 보고 있다. 전 미스 나라는 1916년생으로, 좀 오래되긴 했지만 말이다.

두개골 수술을 위해 밀었던 할머니의 은발이 자라서 지금은 세실 커트 머리처럼 되었는데, 이 스타일 또한 얼굴 작은 할머니에게 잘 어울린다. 내가 갑자기 머리카락을 금발로 바꾼 밤에는, 보아서는 안 될 것을 보았다는 충격 때문인지, 할머니는 그 세실 커트 머리를 천천히 돌리더니 멍한 표정으로 어머니의 얼굴만 들여다보았다. 그리고 이런 짐승 같은 금발을 아들에게 허락한 어머니도 공범이라고 비난하는 것처럼 '넌 얘 머리를 어떻게 생각하는 거냐?' 하고 따지는 듯한 눈길을 보냈다. 얌전하고 착한 아이로 자라난 친손자의 극단적인 외모 변화에도 이제는 완전히 익숙해진 것처럼 보이는 할머니의 순응성이야말로 나는 종잡을 수 없다고 생각한다. 왜냐하면 나는 벌써 나이가 서른이기 때문이다. 아니, 스물 아홉인가. 아무튼 내가 만약 운동선수였다면 직업적 수명이 다한 나이란 말이다. 그런데 나로 말하자면 아직 아무것도 아니다. 뿐만 아니라 무언가가 되는 것이 인생의 전부라고 믿는 식의 사고방식을 나는 거부한다. 아무것도 아닌 나를 있는 그대로 내버려두지 않는 말은, 누군가가 사회로부터 받은 억압을 다른 누군가에게 화풀이하고, 그런 식으로 차례차례 화풀이 대상이 바뀌면서 마침내 나한테까지 온 게 아닐까 하는 생각마저 들게 한다. 그러니 헤이, 친구여, 나는 대마를 피우면서 내 무덤이나 계속 파야겠다.

싱크대에서 홀 토마토의 빈 깡통을 씻는 나에게 추리닝 차림의 중년 여자가 오늘도 말을 걸었다. "부엌일까지 다 하니 미래의 부인이 아주 좋아하겠어요. 결혼할 생각은 아직 없나요?"

또 성추행인가! 일하는 도중에 성기에 대한 이야기, "난 사실 말이죠, 엄청난 호모거든요"라고 한방 날려주는 편이 낫겠는가? 이상적인 간병인은 도대체 언제쯤 만날 수 있을까? 내가 할머니에 대한 일 말고 다른 것을 생각할 여유가 없다는 사실을 알아주는 타인은 좀처럼 찾아보기 힘들다. 이 여자는 나를 부모의 회사에서도 떨려나와 현재 무직이고, 특별히 할 일도 없는 데다, 사회에서는 아무 짝에도 쓸모가 없어서 노인의 뒤치다꺼리나 적당히 하고 있다는 식으로 생각하고 있을 게 뻔하다. "혼자서 할 수만 있다면 결혼 같은 건 얼마든지 할 텐데 말입니다." 나는, 사회성을 유지하기 위해서는 스스로 웃음거리가 되자, 내 적은 개인이 아니다, 그 배후에 높이 솟아오른 치사한 말의 피라미드다, 이렇게 생각하기로 마음먹는다. 아아, 숨이 막힐 정도로 해시시*를 마시고 싶다, 친구. 프랑스의 저 유명하신 보들레르 님께서 겁을 집어먹는 바람에 말도 안 되게 와인 같은 것이랑 나란히 꼽히면서 천한 등급으로 떨어져버린 그 해시시 말이다.

비뚤비뚤 날아다니며 날개 가루를 흩뿌리던 나방을 부엌 창문으로 몰아넣어 짓이겼다. 조류처럼 검은 눈 모양을 하고 갈색 가루를 날리며 나풀나풀 날아다니는 곤충은 더듬이의 모양으로 볼 때 나방이 아니라 나비로 분류된다고, 초등학생 시절에 이미 배웠을 텐데, 언제부터인지 내가 나비를 아무 생각 없이 나방으로 부르고 있다는 사실을 깨닫는다. 만약 내가 곤충학자가 되었다면 지금쯤 무슨 연구를 하고 있을까? 풍뎅이와 개미귀신*, 민물게와 하늘가재의 결투 상황을 꼼꼼하게 노트에 기록하는 나날을 보내고 있을지도 모른다. '미리 상처를 입혀 놓은 풍뎅이는 본인이 빠뜨린 개미귀신의 주인에 대해 아직까지 무승일만패의 기록으로 계속 지고 있지만, 그 파렴치한 번식력 하나만큼은 명주잠자리를

---

* 해시시(hashish) : 인도산 대마로 만든 마약
* 명주잠자리의 유충

훨씬 능가하므로 둘 사이의 우열을 가리기 힘들다.'

남향으로 나 있는 2층 창가에서, 햇볕을 받고 있는 화분에서는 아직 싹이 나지 않는다. 한번은 뒤뜰 밭의 흙을 파고 대마의 씨를 묻은 적이 있었는데, 며칠 만에 불타는 듯한 형광색을 가진 푸른 싹이 지표를 뚫고 나오자, 나는 생전 처음이라고 할 수 있을 만큼 미친 듯이 좋아했다. 식물이 가진 자연의 섭리에 따라 단순하게 싹이 난 것이 범죄자 탄생의 순간과 겹쳐진 셈이다. 그날로부터 약 일주일, 정성을 다해 물을 준 결과 싹은 날이 갈수록 성장을 거듭했는데, 좀처럼 쌍잎이 나올 조짐은 보이지 않고 벼처럼 가늘고 길게 비쭉하니 위로만 자랐다. 분명히 대마는 아닌 그 푸른 잎을 따서 조심스레 냄새를 맡아보니 그 놈은 참기름의 단짝인 부추의 향기를 내뿜었다. 하지만 이번에는 부추건 뭐건, 아무 싹도 나오지 않는다. 가게에서 산 봉지 속의 흙은 정말 재미대가리가 없다. 우리 할아버지가 이 사실을 알면 돈을 주고 흙을 사다니 그게 무슨 허튼 짓이냐고 노발대발했을 것이다.

농민의 자식이니 독초에게 지면 안 된다면서 부모가 옻나무 즙을 컵으로 마시게 하여, 어린 시절의 할아버지는 온몸이 불그죽죽하게 퉁퉁 부어올라 일주일 동안 자리에 누워 꼼짝도 하지 못했지만, 덕분에 모든 독초와 독충에 대한 내

성을 갖춘 토인이 되어 온갖 특이한 행동들을 내 기억 속에 강렬하게 새겨놓았다. 커다란 말벌 몇 마리가 달려들어 쏘아대도 글자 그대로 아프지도 가렵지도 않았던 모양인지, 할아버지는 살충제 한 통과 맞바꾸듯이 비치볼 크기의 벌집을 산에서 따 가지고 와서, 그날 밤은 온 가족이 벌의 유충을 먹었다. '먹어보았더니 흙탕물 같은 맛이었습니다.' 당시 꼬마였던 나의 일기장에는 그렇게 씌어 있었다. 초여름에는 논두렁에서 발견한 구렁이의 목을 낫으로 찍어서 죽이고, 낫자루를 허리춤에 꽂아 독사의 시체를 덜렁덜렁 늘어뜨린 채 평소처럼 밭일을 계속하기도 했다. 공기총으로 비둘기를 쏴 죽이고, 그 고기가 반찬이 되어 내 입으로 들어간 적도 있는데, 이튿날 그 비둘기가 건너편 집에 사는 형이 편지 배달을 위해 키우는 비둘기로 판명되어, 범죄자 집안에 산다는 꺼림칙한 기분으로 초등학교를 다닌 적도 있었다. 강변의 풀을 베어서 모닥불을 피운 적도 있는데, 나중에 불을 제대로 끄지 않아 옆에 있던 다리에 불이 옮겨 붙는 바람에, 한 사람이 겨우 지나갈 수 있는 가느다란 나무다리가 끝에서 중간 정도까지 홀딱 타버렸다. 당연히 순서에 따라, 아침에 밭일을 나가던 마을의 누군가가 다리가 불타서 없어졌음을 발견하고, 전날 저녁에 할아버지가 강가에서 불을 피우고 있었던 사실이 마을 사람들의 증언에 의해 밝혀졌다. 그날 아침 아마도 불탄 나무다리에 대한 이야기가 근처 집에서 집으로 돌아다닌 다음, 분명 마지막에 우리 집까지 도착했던 모양이다. 작업복을 입은 할머니인지 아줌마인지 모를 나이의 마을 여자가 이른 아침부터 우리 집 현관에서 보인 확신에 찬 깍듯한 태도는 마을 전체의 은근한 폭력을 숨김없이 보여주고 있었다. 절대로 우리 집의 분뇨를 시 분뇨 처리장에 내주지 않았던 할아버지는 마을에서 유일하게, 도저히 감당할 수 없을 정도가 될 때까지 똥지게를 지고 다니며 논밭에 거름을 뿌렸다.

우리 아버지의 장례식 전날, 할아버지는 아버지의 가슴 위에 꽉 끼워진 두 손이 관 뚜껑 밖으로 삐져나와서 뚜껑이 닫히지 않는다고, 자기 친자식을 두고, 아니, 친자식이니까 자기 마음대로 할 수 있다고 생각했는지, 손이 튀어나왔으면 손목을 부러뜨리면 되지 않느냐고 소리를 질렀다. 자기 어머니가 책상다리를 한 자세로 옹기로 된 관에 들어갈 때는 다리뼈가 부러지는 소리를 들었다, 장의사가 나무망치로 억지로 뚜껑을 쳐서 어머니의 몸이 부러졌다며 그럴 수도 있다는 식으로 말했을 때, 당시 스무 살이던 나는 피가 거꾸로 솟았다. 그래서 당신 어머니가 어땠는지 내가 알 게 뭐냐

22

고 씹어 뱉듯이 말하고는 고모부와 사촌들 — 물론 그 중에
는 자식이 없었던 큰어머니 밑에서 양자로 자라는 바람에
사회적, 대외적으로는 내 '사촌' 이 된 나의 '동생' 도 포함되
어 있었다 — 을 비롯한 친척 남자들과 함께, 눅눅한 마루에
서, 사후 경직된 아버지의 두터운 두 손을 뚜껑이 닫힐 수
있는 위치까지 끈기 있게 밀어서 눕혔다. 장례식 이튿날 밤,
마음을 고쳐먹고 내가 말을 잘못했다고 할아버지에게 빌기
위해 그 앞에 나갔던 나는, 할아버지가 나를 제대로 쳐다보
지도 않은 채 고함을 지르기 시작한 직후, 정신을 차려보니
눈앞에 있던 탁자를 뒤엎고 일어선 자세로 할아버지의 회색
눈동자를 쏘아보며 뭐라고 외치고 있었다. 그때 뭐라고 외
쳤더라? 동생과 사촌들이 나를 앞뒤에서 끌어안고 뒤뜰로
끌고 나가, 밤이슬이 내린 여름철 땅바닥 위에 앉혀놓고 "잘
참았어, 그래, 주먹질하지 않고 정말 잘 참았다"며 토닥거렸
다. 사촌형과 내 동생이 모두 맨발에 눈물을 흘리고 있는 것
을, 서재에서 흘러나오는 어두운 불빛을 통해 보고는, 그제
야 아까 내 입에서 나온 것이 "당신이 죽었어야 했어"라는
말이었을지도 모른다는 생각이 들었다. 하지만 어린아이처
럼 엉엉 울던 나는, 여전히 감정을 걷잡을 수가 없어 빈약한
분재들이 늘어서 있던 선반을 걷어차 쓰러뜨렸고, 그 선반

에 붙어 있던 쇳조각에 발바닥까지 베었으면서도, 한편으로는 설마 당신이 죽었어야 했다는 말까지 입에 올리지는 않았을 거라고, 아주 냉정하게, 마치 남의 일처럼 생각하기도 했다.

할아버지는 그 일이 있은 지 13개월 후에 죽었다. 당뇨가 심해져서 다리를 쓰지 못할 지경이 되어 입원했어도, 기력만 살아 가지고 지팡이를 짚고 병원 복도를 몇 백 번씩 왕복하더니, 끈질기게 다시 집으로 돌아온 적도 있었다. 마지막 대화만 해도 그렇다. "우리 논밭이 걱정돼서 제대로 눈을 감지 못하겠다. 네가 내 뒤를 이어서 잘 살펴주리라 믿는다"라나? 내 원 참, 겸업농가를 운영하는 주제에 언제까지 지주라는 생각을 가지고 있는 거야! 내가 하나밖에 없는 손자라고 만만하게 보인단 말이지. 할아버지가 죽은 후 우리 밭과 산에서는 귤나무는 말할 것도 없고 감나무와 밤나무까지도 무성하게 자라난 잡초와 잡목들에게 햇빛을 빼앗겨 그 밑에서 말라비틀어졌다. 그렇게 잡초만 무성한 황야가 내 대답이다.

창고에 소중하게 모셔두었던 조상의 갑옷, 투구, 끝에 피인지 뭔지가 검붉게 묻어서 흐리멍덩한 빛을 내고 있는 창, 이것들은 모두 옛날 전국시대의 병사들이 쓰던 곰팡내 나는 무구들인데, 종교에 심취해 있는 큰어머니이자 동생의 양어머니와 우리 어머니가 소금을 뿌리고는 일찌감치 뒤뜰에서 불태워버렸다. '집착을 버리고 무(無)로 돌아가라' 면서 말이다. 할배가 가졌던 살생의 피를 달갑게 이어받았다고 자인하는 동생 혼자서만 그 창이 불타 없어지는 것을 아까워했다. 저 창을 사륜 구동차에 싣고 폭주족들을 족치고 싶다, 애지중지하는 자신의 차에 오줌을 내갈기는 집 근처의 고양이를 찔러 죽이고 싶다면서 말이다.

내 아쉬움은 딱 한 가지, "할아버지, 대마는 산 어디께서 자라요?" 하고 미리 물어보지 못했다는 것이다. 지금이라면 넌지시 그럴듯한 화제를 꺼내서 교묘하게 물어볼 수 있을 텐데. 북쪽으로도, 남쪽으로도 사람이 사는 마을이 있는 이 산들 어딘가에는 옛날에 종교의식이나 의복을 만드는 데 사용되었던 그 식물이 자생을 계속하며 은밀히 군락을 이루고 있을지도 모른다. 먼 옛날에는 이 땅에서 영웅들이 말을 달리고, 나물 캐는 처녀들에게 사랑 노래를 읊었던 것이다. 대마밭 같은 것은 내가 두 팔을 벌려 환성을 지르며 뛰어다니고 싶을 정도로 여기저기에 널려 있었을 것이다. 하지만 토인이었던 할아버지조차도 긴 담뱃대에 대마잎을 넣어 천천히 연기를 내뿜으며, 시원한 풍경 소리에 맞춰 몸을 흔들흔들면서, 그 불그스레한 눈으로 NHK TV의 노래자랑 화면을 바라보며 몸을 마음껏 이완시키는, 아아, 그런 일은 사실 없었다네, 친구. 어쨌거나 죽기 전에 물어보았으면 좋았을 텐데. 피를 나눈 토인과 얼굴을 마주하며 한 시대를 살았는데 말이다. "대마잎은 불에 그슬려서 그 연기를 맡으면 기분이 아주 좋아져요" 하고 슬쩍 말해준다 해도 할아버지라면 "그래" 하고 별로 관심이 없다는 듯이 대꾸하고 말았을 것이다, "아아, 그러냐" 하고 말이다. 앞뜰의 매화 고목에 달라붙어 수액을 빠는 매미들을 가늘고 뾰족하게 깎은 대나무 꼬챙이로 찔러 죽이는, 할아버지를 보고 배운 그런 만행을, 순수하게 죽이는 쾌락만을 위해 어린 시절부터 계속해온 나의 모습이 할아버지의 눈에 토인적 삶의 계승을 기대해볼 수 있는 모양으로 비치지는 않았을까? 여름이면 정원을 통째로 불태워버리고 싶을 정도로 미친 듯이 울어대는 매미의 독경 소리를 배경으로, 서재와 밖으로 나 있는 복도, 그리고 별채와 창고의 지붕이 파란 하늘을 좁게 둘러싸고 있는 앞뜰에서, 둘이 함께 매미를 찔러 죽이며 대마에 대한 이야기를 나눌 수도 있었을 것이다. 내가 지금의 나였다면.

우렁이, 미꾸라지, 송사리 등 영재교육용 식사를 해야 했던 나는, 오오, 전근대를 그리워하고 있다고 생각하진 말아줘, 제기랄. 야만인의 섬세함을 알지 못하는 촌뜨기 같은 자칭 근대인들은 그저 상상만 해주었으면 하는 거다, 아직도 홈 센터에서 멸균된 흙을 사는 행위에 나의 피가 느끼는 강렬한 위화감을 말이야. 그와 마찬가지로 대형 가전업체에서 개발한 간병용 로봇을, 심심풀이로 간 로봇 박람회에서 처음 보았을 때도, 대책 없이 구역질이 나는 통에 당장 그 자리를 떠나야 했었지, 친구. 발명가가 자신의 노후에 로봇의 시중을 받고 싶다는 이유에서 그것을 개발하지는 않았다는 사실만은 알 수 있었다. 만약 그가 그런 식으로 생각했다면 금속부품을 다루는 제조기계 같은 모양새로 만들었을 리는 없을 테니까. 신문에서 본 이스라엘의 무인 폭탄처리장비처럼 비정하게 생긴 그것, 사람의 손을 더럽히지 않는다는 것에 주안점을 두고 만들어진 차가운 기계가 기업의 무의식을 대변하고 있었지. '자리보전을 하고 있는 늙은이는 가정생활을 게릴라적으로 위협하는 폭탄이다'라고 말이야.

알겠어? 이 '근대적 의식이 배양한, 섬세한 배려의 결여에 대한 무자각'에 대한 주체할 수 없는 짜증을? 머리회전이 잘 안 되는 놈을 위해 다시 말하겠는데, 기계라서 안 된다고 내가 한마디라도 한 적이 있어? 간병 받는 환자의 인체를 공학적으로밖에는 인식하지 못하는 타성적 연구자들의 평소 생각이 그대로 기계의 형태에 표현되었는데, 그 평소의 생각이 개 같으니까 쓸모없는 쓰레기가 만들어지는 것이다. 내가 미래 간병 로봇의 청사진을 줘볼까? "네 놈이 그것의 시중을 받을 생각으로 뛰어난 로봇을 개발하려고 해봐라, 자랑스러운 친손자 같은 간병 로봇을 말이다!" 바로 이거야. 그런 것을 지향할 만한 감성도 없고, 테크놀로지의 가능성도 진심으로는 믿지 못하기 때문에, 창피한 줄도 모르고 기계적인 쓰레기에 불과한 쇳덩어리를 전시회장에 진열해버리는 것이다. 제기랄, 토인의 혈통을 잇는 내가 오히려 과학의 진보에 걸맞은 감성을 가지고 있다, 과거형의 근대성에 사로잡힌 기술을 만들어내는 데 분주한 기술자보다 훨씬 더 말이다, 친구. 이제 알아들을 수 있겠지, 내가 흙탕물 냄새가 나는 미꾸라지 요리가 나오는 만찬에 그놈들을 초대하고 있지 않다는 사실을? 아무튼 좋다, 오늘에 대한 이야기를 계속하자.

할머니 방으로 내려갈 때까지 아직 시간이 좀 남아 있는데, 그럼 무엇을 할까, 나라는 놈은? 어차피, 그래, 자기 일인데도 '어차피' 다, 어차피 TV를 켜면 '인터넷을 사용할 때는 XXX' 하고 기업 이름을 광고하는 상업 탤런트들이 억지 웃음을 짓고, 그 직후에 푸른 바다의 파도가 밀려드는 해변에서 인스턴트 카레를 먹는 가무잡잡한 얼굴이 먼 곳을 바라보고 있다. 그리고 편한 복장의 남자 두 사람이 탁구를 치는 과정이 보는 이로 하여금 숨이 멎을 정도로 느릿느릿한 움직임으로 나오고는 마지막에 술의 이름이 크게 나오면 나는 "이 광고다" 하고 눈을 가늘게 뜬다. 부엌에서 잠옷 차림의 어머니가 의자에서 일어서려던 순간에도 이것과 같은 광고가 나왔는데, 15초 동안, 어머니는 어중간한 자세로 화살을 맞은 동물이 경직된 것처럼, TV에 눈길을 못 박은 채 가사 상태에 빠진 사람처럼 서 있었다. 그러더니 검은 색에 금색별이 그려진 술 이름이 화면에서 사라지자마자 다시 움직임을 되찾고는 "그럼 오늘도 할머니를 부탁한다"며 아무 일도 없었던 것처럼 침실로 올라갔던 것이다, 오오, 세상에나 세상에나. 아무 일도 일어나지 않았던 것처럼 보이는 기술로 상자는 매초마다 무언가를 계속 보여준다. '어차피' 하는 마음으로 TV를 보고 있어서 아무것도 할 마음이 없어져 버리는지, '어차피' 때문에 이 상자에 숨겨진 광선총이 내뿜는 눈부신 빛을 바라보게 되는지, 나는 오늘 하루 동안 몇 개의 회사 이름이 있는 로고 디자인을 인식하고, 몇 종류의 신상품 이름을 가사와 함께 흥얼거릴 수 있게 되었는가. '어차피'에서 벗어나기 위해서라도 TV를 끄면 흙탕물색으로 된 유리는 완만하게 구부러진 표면에 남자의 그림자를 반사시킨다 — 신체의 축이 비뚤어진 채 소파에 푹 처박히는 남자의 구부정한 등의 그림자 말이다. 눈을 깜박거리지도 않고 뚫어지게 응시하면, 맨질맨질한 바위를 연상시키는 덩어리 밑바닥에서 내 방은 무한한 깊이를 가지고 수평으로 가라앉아 있다. 침묵하는 브라운관 건너편에서 이쪽을 들여다보는 남자를 나는 보았다. 그 속에 있는 남자의 모습을 살펴보면서 남자의 다음 동작을 읽고, 그에 따라 목을 건들건들 흔드는 이상한 사람이 바로 나다. 숨겨두고 싶은 감정을 숨기는 무의미함을, 나는 어리석음과 함께 빛의 속도로 깨닫고, 어깨 위에서 겁에 질린 채 불안에 떠는 남자의 눈길이 나보다 훨씬 자신감에 차 있다고 느낀다.

형광등의 흰 불빛이 희미하게 들러붙은 화면을 노려보며 머리를 긁어댔더니, 허옇게 탈색된 금발 사이에서 바퀴벌레의 더듬이처럼 생긴 음모가 손가락에 엉킨다. 얼마나 오랫동안 나는 섹스를 하지 않았을까? 또다시 노란색의 안개인지 아지랑이인지가 눈알의 표면을 날아간다. 날아서 시야를 당당하게 가로지르는 그것을 뒤쫓으며 오히려 즐기는 듯한 느낌을 갖는다. 하지만 곁눈질로 흘깃 본 브라운관에서는 방금 전까지 천장의 구석에서 구석으로 편집증적인 시선을 왕복시키고 있던 나의 볼이 딱딱하게 굳어 있어, 장난을 치고 있던 셈이지만 그 황사의 환각에 휘둘리고 있는 나를 처음으로 깨닫게 된다. 남자는 울상이 된 표정으로 자기 이외의 누군가라면 누구라도 괜찮은지, 도움을 애걸하는 시선을 나한테까지 보낸다. 섬뜩한 흙색 거울에 떠오른 그 얼굴이 죽어 있다. 죽은 채로 나이를 계속 먹는 것이 예정돼 있어, 그 사실이 싫지도 않은 듯한 모습의 얼굴, 매일같이 이 얼굴을 알아차리지 못하는 척하면서 나는 나를 속여온 것이겠지, 있지도 않은 색채에 혼이 빠진 채. 내가 죽어 있는 시간, 죽어 있는 것 말고는 어떻게 해보려고도 하지 않았던 시간, 그것이 내 얼굴을 비굴하게 일그러뜨린다. 문득 흘린 한숨이 남에게 구원을 청하는 듯한 불쌍한 소리로 방 안에 울린다. 그 소리로, 그것을 토해낸 자신도 더할 나위 없이 약해빠져서 나한테서 살아갈 희망이 빠져나가는 것 같아 얼굴을 찡그리며 소파 위에 몸을 던졌다. 나의 매일은, 어제 오늘의 일이 아니다, 'Cabin Man', 바로 나의 매일은 이런 식으로 끝나고 있는 것이다.

방 안 여기저기에 널려 있는, 껍데기도 없는 콤팩트디스크는 먼지를 살포시 덮고 있다. 그 먼지와 마찬가지로 매일의 패배감이 내 몸에도 쌓인다. 갑자기 내 배에서 나온 소리를 들었다. 누가 들어도 "죽어! 죽어!"로 들릴 것만 같은 갑작스러운 노래, 또 해버렸다고 후회해봐야 벌써 때가 늦은 만큼 뒷맛이 씁쓸한 약 3초 길이의 내 신곡, 이것이 전철 안이라면 내 주위에 있던 사람들이 순식간에 사라져버린다, **엣에에**-! 사라지고 싶은 건 바로 나다, **엣에에**-! 한밤중에 소리를 높여 죽으라고 혼잣말을 하는 다름 아닌 나의 목소리가, 나를 더욱 위태로운 다른 현실로 가게 한다, 오오, 멍청한 놈! 나, 이 바보 같은 놈아, 이상한 말을 하고 난리야! 내가 제어할 수 없는 힘이 맛보게 하는 쓰디쓴 공기, 돌이킬 수 없는 각도로 벗어나버린 내 혀가 이번에는 어색한 분위기를 없애려고 "죽어, 죽어, 죽어!"하고 광대 같은 소리를 몇 번이나 내뱉지만, 복제가 가진 어쩔 수 없는 경박함이 나를 더욱 비참하게 만든다. 내가 화가 나서 미친놈의 소리를 다시 들을 수 있을지 없을지 "죽어, 죽어, 죽어!"하고 서서히 힘을 빼며 계속 중얼거렸더니, 묘하게도 도취되는 듯한 분위기가 방 안에 서린다.

　미친 척 흉내를 내는 것과 속에서부터 제대로 미치는 것의 경계는 어디서부터 애매해지는 것일까? 미친놈이 유일하게 인정하고 싶어하지 않는 것은 자기가 구제불능일 정도로 미쳐 있다는 점이라고 한다. 처음에는 심심풀이를 위한 장난으로 시작했는데, 20분만 하려다가 200분, 그것이 20시간에서 이틀로 늘어나더니, 처음 2주일은 순식간에 지나고, 두 달을 두 번이나 꼽아 계절을 넘기고, 죽어 죽어 하고 소리를 지르는 장난에 홀린 듯이 사로잡히기를 벌써 2년인지 20년인지도 구분할 수 없게 된 나는, 중얼거리면서 돌아갈 길을 잃어버린 것조차 깨닫지 못한다 – 이 정도면 훌륭한 마약이 아닌가? 길가에서 파는 마약은 오케이고 심각한 자가 중독은 노땡큐란 말이냐, 친구?

미지에 대한 공포로 나는 설렌다. 처음으로 마약을 맛보는 자리에 항상, 반드시 얼굴을 들이미는 유혹자이자 판매 대장, 이 놈이 가진 화(禍)를 부르는 향기에 이끌려 얼마나 자주 이 놈 앞에 자진해서 넘어졌던가. '알고는 있지만 그만 둬서 어쩌겠다고?' 그러니까 다시 한 번 강하게 "죽어!" 하고 소리치려 했을 때 번개 같은 생각이 나를 사로잡았다. 그 단어는 아래층에서 내가 기저귀 갈아주기를 기다리는 할머니의 귀에 들어가서는 안 될 한마디가 아닌가. 나는 창백해질 틈도 없이 소파에서 몸을 벌떡 일으키며 "기저귀, 기저귀, 기저귀!" 방 한가운데 우뚝 서서 이런 식으로 가사를 바꿔버린 거야. 도망을 치다 치다 막다른 골목에서 도피처 같은 것은 어디에도 없다는 사실을 깨닫게 해준 것이 항상 마약뿐이었나, 친구?

전동침대 위에서 하체가 굳어진 채 아마도 여생의 대부분을 지낼 할머니는 하루에 몇 번 정도나 죽고 싶다고 진심으로 바랄까? 어떤 날은 햇볕이 밝게 비쳐드는 아침부터 정오 무렵까지 할머니는 계속해서 흐느껴 운다. 하지만 나는 그것이 최악이라고 생각한 적은 없다. 최악은 간혹 그런 모습을 목격했다고 해서 같이 눈물을 흘리고는, 거기에 덧붙여 그 시간에 우연히 그 자리에 같이 있지 않았던 나에게, 마치 자기 혼자만 알고 있는 일처럼 자랑스럽게 그 사실을 떠벌리는 비열한 인간, 말하자면 우리 고모와 같은 존재다. 자기 친어머니가 침대에 누워 있는 방 바로 옆방에서 "사람이 저 지경이 되면 이제 볼장 다 본 거지, 나 같으면 죽는 편이 낫겠다"고 차를 찔끔찔끔 마시면서 탄식하던 인간이, 할머니 머리맡에서는 "엄마, 힘들어서 어떡해" 하고 남의 고통에 무지한 자 특유의 자기만족적인 눈물을 흘리는 거다, 단 한 번도 기저귀를 갈아줄 생각조차 해본 적이 없는 자신을 반성할 줄도 모르고 말이지, 친구. 진부한 비극이라는 것은 항상 뻔해서 특권을 가진 화자를 만들어낸다고 한다. 그래서 나도 그런 치 중의 하나냐고? 하하, 아무려면 어때, 마음대로

생각해. 하지만 바로 이 내가 없었으면 할머니는 간병조차
도 받지 못하는 몸이었다는 사실, 헤이, 이봐, 이 점에 대해
서는 자랑스럽게 말해야겠다, 나는 이미 이 분야에 있어서
는 권위자란 말이다. 어느 날 아침 스웨덴에서 온 국제전화
가 나를 두들겨 깨워서 내가 노벨 할머니 효도상을 받았다
고 해도, 빌어먹을, 지극히 당연하다고 해야겠어 – "당연한
일을 비범한 열정을 가지고 계속할 수 있었던 나를 당연한
것처럼 칭찬해주셔서 감사합니다, 아아, 폐하, 겸손이라는
천박한 위선으로 스스로를 포장하지 않는 나를 더욱 칭찬해
주십시오"하고 말이다, 친구.

　고용된 간병인들은 교대로 평일 아침 8시부터 밤 8시까지,
돌아가신 아버지의 뒤를 이어 회사 일을 하는 어머니가 집
을 비우고 있는 동안, 말도 거의 하지 못하고 자리보전하고
있는 노인을 상대하는 일을 한다. 그 사이에 나는, 한밤중에
두 번, 이상적으로는 2시 무렵에 한 번과 5시부터 6시 반 사
이에 또 한번, 할머니의 가랑이를 뜨거운 물수건으로 닦아
주고 기저귀를 깨끗한 것으로 갈아준 다음, 뭔가 할 말이 있
는 듯이 눈을 뜨고 있는 할머니 옆에서 간이침대에 누워 새
벽을 맞이한다. 나는 만성적인 수면장애자로, 자고 있는 것
인지 깨어 있는 것인지 모르는 낮 시간을 2층에 있는 내 방

에서 보낸다. 직장도 없이 자칭 '개인적인 음악가'인 나는, 간병인이 출근하는 오전 8시에는 반드시 자리에서 일어나 통신판매로 사들인 간이침대를 접어놓아야 한다. 그렇지 않으면 휴대용 변기도, 실내용 휠체어도 할머니 옆에 두지 못하는 것이다. 할머니의 베개로부터 1미터 가량 떨어진 잠자리에서, 정상적으로 일이 진행되면, 나는 밤에서 아침까지 세 번이나 일어난다. 그런데도 말이지, 참으로 재미있는 말을 친척한테서 듣곤 한단 말이야. "너 매일 해가 중천에 뜰 때까지 퍼져 자고 있는 것 아니냐?" 아아, 평소에 나를 하는 일 없이 밥이나 축내는 노랑머리 밥벌레로 인식하고 있는 그 놈의 무의식이 그렇게 말하게 하는 것이지, 하하. '자리 보전하고 있는 노인의 간병은 즉 고독의 방치'라니, 대단히 통속적인 발상이지. 그렇게 하고 싶은 놈은 마음대로 하라고 해. 하지만 마치 어디 싸구려 잡지에나 나올 법한 그런 말에 속고 있었다면 나도 할머니의 웃는 얼굴 같은 것은 평생 가야 보지 못했을 거다.

간병 입문 1, 〈최선을 다해 간병하는 데 방해가 되는 가족이나 친척에게는 어떠한 호의도 기대하지 말라. 가령 그런 친척이 자진해서 간병을 맡겠다고 하는 경우에는,

생판 모르는 타인에 의한 엉성한 간병을 예상하고 언제나 경계의 눈을 떼지 말 것. 환자와 친척이라는 의식은 의무감이 되어 그들을 느릿느릿 움직이게 할 뿐이다. 환자와 함께 살고, 함께 죽을 각오가 없는 의무감은 환자를 반드시 불쾌하게 만든다고 생각하라. 책임감은 고귀하되 의무감은 천박하다. 그들이 흘린 땀을 직접 보았을 경우에만 경계를 늦출 수 있다.〉

몽유병자 같은 대낮의 나는, 내 방의 방바닥에서 뒹굴며 음악을 듣거나 혼잣말을 중얼거리거나, 아니면 등이 아프게 될 줄 뻔히 알면서도 피곤에 지쳐 그대로 잠들어버리거나 한다. 매일 밤 할머니 옆에서 자게 되면서부터 내 방에는 이불이 없다. 나는 가끔씩 생각난 것처럼 샘플러를 두드리고, 엉터리 전자음을 반복해대며 기분 내키는 대로 소리를 만들어낸다. 하지만 매번 싹이 나다가도 곧바로 죽어 없어지는 것처럼 새로운 음의 단편들만 잔뜩 쌓여서, 마치 무슨 일이건 금방 한계에 부닥치는 나의 한계를 보는 것 같아 안타깝기만 하다. 특별한 경험도 기술도 없는 자신을 돌아보지 않고 음악을 하고 싶다며 부모의 회사를 그만두기는 했지만, 이렇게 될 줄 알았으면 예전처럼 거래처에서 주문을 받아오는 편이 훨씬 속편하겠다는 생각이 들고, 그렇게 생각하자 마자 내던져버린 과거를 원망스럽게 뒤돌아보는 나의 속내가 안쓰러워지면서, 무엇보다도 내가 지금 현재를 살아가고 있지 않다는 생각에 겁을 먹는다. 다시 음미해볼 가치도 없는 과거를 나에게 반추시키는 것은 자신의 무능으로부터 뒷걸음치려는 나, 과거에 대한 미련을 버리지 못하는 바람에 결정적으로 현재를 놓쳐버리는 나 – 그래, 있을 리도 없는, 드러나지 않은 재능 같은 것이 나에게 편한 생활을 가져다줄 것이라고 겁도 없이 무턱대고 믿었던 나는, 뮤즈에게 보내는 사랑편지조차 쓰지 못하고 있는 자신을 발견할 수밖에 없었던 것이다. 나한테 재능 같은 건 없다고 생각하는 행위로 모든 자기변호를 포기하고, 어설프게 웃으며 괴상한 혼잣말을 마음껏 즐기고, 내가 얼마나 음악의 신에게서 버림받고 무시당하고 있는지, 또한 악기에 전기를 연결해서 뭔지도 모르는 음과 만나고, 이렇게 시작되는 뼈아프면서도 신선한 시간에 나는 감사할 수 있을 정도까지는 되었다. 어린아이가 찰흙놀이를 하는 것과 마찬가지다. 그것을 서른을 앞둔 사내가 하고 있는 것이다.

그런데 유지가 되지 않는다. 힘을 주지 못한다. 둔해빠진 음악은 하나같이 둔해빠진 나일 수밖에 없는데, 둔해빠진 나를 상대할 수 있는 마지막 보루인 끈기조차 매일 꺾여버린다. 더구나 내 귀는 내 손을 내버려둔 채 자꾸만 진화한다. 아니, 적어도 그렇게 느낄 정도로 예민해졌다고 볼 수 있다. 음악을 성실하게 들으려고 하면 희한하게도 완전히 똑같은 하나의 음악이, 그것을 녹음하고 고정시킨 것조차도, 들으면 들을수록 서로 다른 여러 개의 음악이 혼재된 것처럼 다가와, 하나의 음악 같은 것이 있는지 없는지 모르게 된다. '음악을 어떻게 정의할 수 있을까요?' 이것이 내 솔직한 생각이 되어버렸다. 전자악기가 퉁기는 피아노 비슷한 건반 하나, 그 소리 하나에도 고유한 흔들림과 율동이 짜증날 정도로 무수히 내포되어, 미약한 진폭이 다양하게 전개되며 서로 다른 몇 가지의 음상을 만들어내는 것이다. 음상의 주름이라고도 할 수 있는 그 감촉은 만드는 음악의 총체를 자꾸만 변형시키고, 나까지도 끌고 들어가, 생각지도 않았던 공기의 떨림을 출현시킨다. 음악이 아니라 음악이 진동시키는 공간이 변형되는 것인지, 아니면 그 소리를 듣고 있는 내가 비선형적으로 자꾸만 다른 장소로 이동하는 것인지 알 수가 없다. 결과적으로 대개의 경우 나는 그 소리를 어떻게 다루어야 할지 모르게 되어 작업을 끝낸다.

아주 가끔, 샘플링 기계의 고무 건반을 문지르다 지쳐서,

넓은 창문이 잘라낸 끝도 없는 듯한 파란 하늘에 눈이 부실
듯 흰 뭉게구름이 천천히 미끄러져가는 모양을 벌러덩 드러
누워서 올려다보고는, 더할 나위 없는 평온함으로 가득 찬
시간을 느끼기도 한다. 정말로 멋진 시간이야, 친구. 하지만
그것은 아주 잠깐 동안일 뿐이고, 비가 갠 산에 걸린 무지개
가 푸른 하늘에 녹아드는 것처럼 나의 평온함도 어느새 흩
어지고, 나는 그 사라져버린 기분을 무슨 착각이나 오해였
으리라고 다시 생각하며, 손을 쓸 수도 없을 만큼 지저분하
게 어질러진 방 안에서 다시금 정체 속으로 도망쳐 들어가
홀로 음울하게 중얼거리기 시작한다. 그저 일주일에 사흘
정도만 초등학생에게 공부를 가르치는, 서른을 앞둔 남자로
서는 너무도 느슨한, 가정교사라는 아르바이트, 거기에다
이런 나를 두고 보기가 뭐했는지, 오랜 친구가 가끔씩 오라
고 하면 마음 내키는 대로 밴드에 참가하는 것이 나의 귀중
한 사회적 재활활동이다. 나는 허구한 날 'Cabin Man' 으로
서 집 안에서 날짜가 흘러가는 것만 꼽고 있다.

　오후에는 간혹 할머니의 상태를 살피러 아래층에 내려간
다. 그러면 할 일이 없는 간병인이 할머니에게 TV를 보여드
린다는 구실을 앞세워, 간호 침대에 등을 돌리고 기대서, 저
속한 가십 프로그램에 넋을 빼고 있기도 한다. Oh, what a

fuckin' shit? 마지막의 'shit?'는 'i'를 강하게, 약간 늘어뜨리는 것처럼 입을 일그러뜨리고 뒤끝을 올려서 발음해주게, '쉬―트?' 하고 말이야. 우리 할머니는 날라리 출신의 못생긴 코미디언이 나오는 쓰레기 프로그램은 보지 않는단 말이다. 불륜이라고? 진실한 사랑에 눈을 뜬 중년 여자들이라고? 어째서 저소득층의 억압받는 주부를 위해 만들어진 미친 전파 쓰레기로 할머니의 뇌를 오염시키는 거냐? 할머니가 그것만 쓰면 찌든 때도 깨끗하게 빠진다는 방향 입자가 든 세제를 사거나, 이번 달에는 돈이 좀 모자라니까 금융회사에서 가볍게 100만원을 빌리기라도 한단 말이냐, 빌어먹을! 할머니는 잡을 새도 없이 뇌를 지나쳐 가는 영상과 소리의 설사에 오감을 빼앗기고 있을 뿐이다. 이럴 때 "미안하지만 그 머리가 돌아버릴 것 같은 프로, 그러니까 머리가 돌아버렸다는 사실을 알지도 못하는 인간들이나 좋아라하며 보는 프로 좀 꺼주실래요?" 하고 입 밖에 내서 말할 수도 없잖아?

내가 그 간병인에게 텔레비전에 대한 개인적인 견해를 피력하기 시작한다, 그러면 필연적으로 국가나 자본에 대한 것으로 이야기가 진전되고, 2층에 있는 방에서 내가 하려는 말과 관계가 있는 비디오라도 가지고 내려오는 날에는 5시간 정도는 눈 깜짝할 사이에 지나갈 것이고, 결국에 가서는,

그 집은 할머니 시중은 편한데 손자가 미친 놈 같아서 영 그렇다는 식의 소문이 돌고 간병인들이 우리 집을 피하게 되어 아무도 오지 않게 된다. 그래서 나는 일부러 좀 꾸민 목소리로 "참, 할머니가 좋아하는 스모*를 할 시간이네" 하고 할머니한테 말을 걸면서, 제일 아래 급수의 스모 선수들 경기부터 최고 선수들의 경기가 나올 때까지 내내 방영되는, 어떤 의미에서는 가장 마약적이라고 할 수 있는 프로그램으로 채널을 바꿔놓는다. 물론 간병인에게 미안하다고 할 필요는 절대로 없다. 그 채널이 임금을 받으며 노동하는 시간의 간병인에게 오락을 주는 기능을 하고 있었다면, 간호 침대에 등을 돌리고 아무것도 하지 않는 시점부터 그렇다고 할 수 있는데, 그것은 간병인의 직무 태만이다. 혹은 그 프로를 자기가 즐기는 것처럼 할머니도 재미있어한다고 정말로 생각하고 있다면, 나는 그 인간의 할머니나 할아버지를 간병하러 나가서 "속이 시원해질 겁니다" 하고 미소를 지은 다음 끔찍하게 큰 음량으로 Brutal Truth의 "Sounds of the Animal Kingdom"을 22곡째까지 들려주겠다.

일반적으로 노인들은 느린 것을 좋아한다. 할머니가 즐겨

---

* 일본의 전통 씨름 경기

보는 것은 프로레슬링, 스모, 피겨 스케이팅, 노래자랑, 그리고 칼싸움이 나오는 사극이다. 건강했을 때부터, 약간의 치매기는 있었어도, 저녁밥을 먹으며 이리저리 틀어보는 TV 화면에 잠깐이라도 칼싸움하는 장면이 나오면, 귀에 쟁쟁한 일본도의 효과음이 무감동의 어둠을 베어버린다는 듯이 "엇, 어어!" 하고 식탁 위에 엎어질 정도로 윗몸을 내밀면서 "방금 어디서 좋은 걸 하고 있었는데" 하며, 돋보기 너머로 나를 강하게 쏘아본다. 내가 못 들은 척 그 눈길을 피하면서 그 상황을 그냥 지나칠까 어쩔까 결정하지 못하고 있으면, 할머니는 채널을 돌리라고 "좀 돌려봐, 잠깐만" 하고 적극적으로 내 옆구리를 찌른다. 내가 별수 없이 "이거요?" 하며 리모콘으로 그 채널의 버튼을 누르면, 제법 그럴듯한 칼싸움 장면이 비범한 따분함을 동반한 채 펼쳐진다. 이 노인들을 위한 마약이 할머니를 흥겹게 만든다는 사실에 나는 황당해하면서도, 저녁식사 시간에 노인들의 취미에 맞는 프로가 거의 없다는 사실은 그때까지 전혀 알아차리지 못했다. "어머니는 이런 사극이 최고지요?" 찻주전자에 뜨거운 물을 부으면서 어머니가 웃으면 "그래, 난 칼싸움이 제일 좋아" 하고, 할머니는 작고 동그란 얼굴에 볼 살이 터져 나올 것처럼 만족스러운 웃음을 띠면서 자랑스럽게 선언하곤 했다.

만약 낮 시간에 간병인이 사농공상 시대가 무대인 사극 드라마의 재방송을 할머니에게 보여주고 있었다면 나는 안심하고 그에게 모든 것을 맡겨놓았을 것이다. 그러나 현실은 참담하다. 간병보험의 도입 시기를 기점으로 다른 업종에서 일하던 사람들이 대거 간병인 자격을 따서 시간당 수당이 더 많은 간병업계로 떼 지어 들어왔다. 나는 그 사실을 대충 이 정도만 하면 괜찮겠지 하고 적당히 일하며 시간을 때우는 분위기가 집안에까지 퍼진 것을 보고 금세 알아차렸다. 일이라는 단어를 시간 때우기나 놀기, 혹은 적당히 해치우는 것의 동의어로 해석하는 인간들은 수없이 많으며, 그런 인간들에게는 회사 사무직이건 슈퍼마켓의 계산대 일이건 음식점의 서빙 일이건 노인 간병이건 모두가 시간 때우기의 대상일 뿐이다. 그러니 감시도 별로 없고 좀처럼 말도 하지 않는, 자리보전하는 할머니를 상대로 하는 것인 만큼, 현관문 손잡이에 손을 댄 순간부터 우리 집은 '만만하고' '괜찮은' 직장이었겠지.

두세 사람의 간병인들한테는 할머니 얼굴에 손을 대기 전에 길게 자란 손톱부터 깎으라고 선고하였고, 그들 손에서 숟가락과 밥그릇을 빼앗아 내가 직접 할머니에게 밥 먹이는 법을 보여준 적도 몇 번이나 있었다. 수많은 접시들은 누구

때문인지 이가 나가기 시작했고, 100년도 더 된 물건이라고 고물상이 말해주었던 도자기 그릇도 윗부분에 금이 갔고, 할머니가 제일 좋아하던 찻주전자는 뚜껑이, 그때는 도저히 안 되겠던지 상대방도 미안하다는 말을 했지만, 얇은 과자처럼 깨져버렸다. 내가 '재산' 때문에 투덜거린다고 착각하지 않았으면 좋겠어, 친구. 이건 '손'에 대한 이야기야. 100년 동안 흠이 간 적이 없던 식기가 겨우 반 년 만에 두 군데나 이가 나갔다면, 그 식기를 깨지지 않도록 닦아온 할머니의 손길과는 다른 손길이 집 안에 섞여 들어왔고, 그 손이 할머니에게 죽을 먹이고 있다는 뜻이다. 이건 또다시 무의식과 표현의 문제라고 할 수 있다. 나는 의심 많은 시누이처럼 되어서, 눈꺼풀이 무거운 낮 시간까지도 그때그때의 할머니 표정에서 상황을 읽어내고, 집 안에서 타인이 돌아다니는 기척에 신경을 곤두세워야 하는 것이다. 다만 몇몇 프로 의식을 가진 간병인들만이 눈썹까지 노랗게 탈색한 밥벌레인 내가 밤마다 할머니 옆에서 잔다는 사실에 놀라움을 가지고 칭찬하며, 같은 땀을 흘린 적이 있는 사람들끼리의 든든함으로 적극적으로 할머니와 일대일로 마주하는 일을 이어받아준다. 아아, 내가 무슨 일이 있어 그런 간병인을 도와주게 되면, 마치 유능한 동료와 함께 일할 때의 믿음직스러운 든

든함을 집 안에서 맛보며, 나는 나와 어머니가 외톨이가 아니라는 생각에 구원을 얻은 듯한 느낌을 받는 것이다.

나는 간병업체의 일정표에서 신뢰할 수 있는 고유명사를 찾아, 신경질환 환자가 약통 속의 알약 수를 헤아리는 것처럼, 열심히 나의 안식일을 확인하게 되었다. 그 덕분에 그럭저럭 버티며 지내고 있는, 그런 신경질환을 앓는 개가 바로 나다. 하지만 만족할 수 없는 간병인들의 경우도, 일하는 자세가 나의 타협점에 미치지 못하면 마지막에는 비즈니스를 할 때의 냉정함으로 처리해버리면 된다. 나는 할머니를 지키는 개지만 우리 어머니는 마치 할머니의 친엄마 같아서, 할머니를 지키기 위해서는 가차 없이 업체의 책임자를 추궁하고 무능한 저급 간병인들을 집에서 내쫓았다. 우리 아이를 만만하게 보면 죽을 줄 알라고 칼날을 휘두르는 어머니와 같은 격정을 짧고도 무서운 말 속에 담아서 말이다.

간병 입문 1, 〈파견간병인의 질은 인간의 질이다. 그 질을 잘 헤아리다가 참을 수 없을 때에는 강한 태도로 나가 제대로 된 인재를 요구하라. 저급한 간병인은 간병에 도움이 되기는커녕 골칫거리만 더해주어서 자택 간병자를 괴롭힌다. '다른 사람은 더 심할 수 있다'는 불안이 결단을 둔하게 만들 수 있다. 그러나 다음에 더 심한 간병인이 왔을 경우에는, 그 간병인 파견 회사 자체를 저급한 업체라고 생각하라. "『간병 입문』에 그렇게 씌어 있던데 당신네 회사도 그런 업체의 하나냐?"고 위협해보는 것도 좋은 방법이다. 다른 간병업체의 선택을 고려하되, 사전 조사를 할 때는 이쪽의 장소와 이름을 밝히지 않고 얼버무린 채, 전화로 현재 상황을 상담하는 것처럼 문의하라. 단 미리 판단해버리지 말고, 한 번의 전화로 일을 결정하지도 말고, 신중하게 일을 진행하도록. 영업담당자는 말솜씨로 장사하는 사람이기 때문이다. 고의로 물질적인 피해를 주는 행위나 명백한 직무태만 행위에 대해서는 법적 수단을 강구할 것. 환자에 대한 학대는 당연히, 두말할 필요도 없다. 그럴 경우에는 경찰을 부르거나, 스스로 감옥에 들어갈 각오가 있다면 상대방을 살상해도 좋다. 다만 그런 경우에도 환자의 몸을 제일 먼저 생각해서 처신할 것. 간병인에 대한 타협은 의례적인 일이나, 뛰어나게 우수한 파견간병인도 존재한다는 사실을 잊지 말고 어떠한 사람이건 성실하게 대할 것. 체념은 자신의 눈을 가려버린다. 간병인의 잘못으로 환자를 불쾌하게 만들었을 때, 그 불쾌함을 없애줄 수 있는 사람은 자신뿐이라는 사실을 명심하

고 담대하게 행동하라.〉

헤이, 친구, 사람을 죽인 적이 있나? 나는 매일 밤 사람을
죽일 각오로 할머니의 아랫도리 시중을 들고 있다, 아주 상
냥하게 말이야. 거짓 웃음을 지은 적은 없냐고? 웃는 얼굴을
만들고 있다는 뜻에서는 거짓 웃음이겠지만 그건 그냥 웃고
싶어서일 뿐이다. 시중을 들고 있는 도중에 그런 생각을 해
본 적도 없고, 나 자신에 대한 것을 생각할 여유도 없거든,
친구. 할머니라는 현실 외에 다른 것은 눈에 들어오지 않는
다, 아니, 나의 전부를 할머니라는 현실의 일부로 만들려고
한다. 나의 '힘들다'나 '졸리다'나 '즐기고 싶다'도, 흐물흐
물한 머리 구석에서 가끔씩 왔다 갔다 하는 '짜증나는 친척
들', '만들다 만 음악' 같은 생각도 미치도록 거추장스럽고
메스꺼워서, 나는 그런 나를 죽일 생각으로, 내 존재 같은
건 털끝만큼의 가치도 없고, 죽어봐야 굳혀서 비누로 만들
정도밖에 안 되는 똥 같은 놈이라고 단정해버린다. 그런 다
음에 할머니 머리맡에 앉는 거야. 이건 그나마 내 기분이 아
주 좋을 때의 이야기다.

내 목숨은 할머니의 기저귀를 새롭게 갈아주기 위해, 따
끈한 수건으로 엉덩이를 닦아주기 위해, 땀에 젖어서 축축
해진 메리야스 속옷을 벗기고 보송보송한 새 옷으로 갈아입

혀주기 위해서만 존재한다. 그렇게 내 자신에게 다짐하지 않으면 나는 그날 밤부터 복수를 할 수가 없는 것이다, 친구. 언제나 숙면에 굶주리는 나의 얕은 잠은 매번 램 수면이 심야의 자명종 소리에 산산조각이 날 때마다 부화에 실패한 한밤중의 매미 유충이 되어서, 날아다니고 있어야 하는데 제대로 펴지지 않아 쭈글쭈글하게 굳어버린 푸른 날개로 땅바닥을 기어 다니는 것처럼, 아아, 엎드린 자세로 간이침대에서 빠져나오는 것이다. 고행이 나의 인생일 수밖에 없다는 사실을, 짜증을 넘어서 미칠 힘도 있을까 말까한 음울하고 비참한 신경으로 깨닫고, 다 포기하고 일어나라고, 죽을 힘을 다해 나의 살과 뼈가 무겁게 차 있는 가죽 주머니를 잡아끄는 것이다.

스스로 하겠다고 결정한, 겨우 할머니의 아랫도리 시중 정도 가지고 이 모양 이 꼴이다. 그러니 자택 간병으로 파탄하는 인간도 있을 것이고, 가족을 죽이고 자기도 죽으려고 하는 놈이 있다 해도 하나도 이상할 것이 없다. 오래 살아주었으면 하고 바라는 평소의 바지런함 뒤에서 문득 이런 생활이 언제까지 계속될까 싶어 새파랗게 질려버리는, 그런 나날이 앞으로도 영원히 계속될 것처럼 느껴지게 마련이다. 설사 그것이 결과적으로 다섯 달 만에 죽은 노인의 자택 간병이었다 해도, 그 다섯 달 동안 간병하는 사람은 매일 그 가족의 영원과도 같은 미래를 짊어진다. 다섯 달 동안으로 한정되어 있다는 사실을 알고 하는 것이 아닌 이상, 간병하는 사람은 영원을 떠맡는다. 팔십 노인네가 30년 후까지 살아 있지는 않겠지만, 5년, 10년, 그 이상으로 앞일을 머릿속에 그려보는 시점에 출구 같은 것은 정해져 있지 않다. 다섯 달 동안 자택에서 자리보전하는 노인을 보살핀 가족은, 그 할아버지나 할머니의 영원한 밤과 낮을, 150번이나 되풀이해서 짊어지는 것이다.

나라면 그렇게 생각하겠어, 친구. 여기서 살지 못하면 나는 어디서도 살 수가 없다, 여기서 살아가는 것이 어디서라도 생존할 수 있는 나를 만들어준다는 각오를 다지면, 아니, 그런 각오를 다지지 않으면 '성공'은 있을 수 없다. 나는 할머니 간병에서 지금까지 대성공을 거두고 있다고 억지로라도, 나는 나를 끊임없이 정당하게 칭찬하며 생활을 이어간다. 앞으로도 할머니는 계속 살아갈 것이다. 간병을 억지로 할 바에야 그야말로 할머니를 죽이는 편이 낫다. 그 억지로 하는 마음가짐은 틀림없이 할머니에게도 전달된다고 나는 자신 있게 말할 수 있다.

사용 전의 오줌 패드는 42g, 큰 쪽의 기저귀 커버가 76g,

사용 후의 패드와 커버의 총 중량을 조리용 타니타 저울로
재고, 거기에서 합계 118g를 뺀 무게가 할머니의 오줌, 이제
는 친숙해진 할머니의 냄새다. 언젠가 쓴 간병일지를 펼치
면 〈11:50 pm. 오줌 패드 158g〉과 〈3:40 am. 오줌 기저귀 커
버 334g〉, 이렇게 두 줄이 나의 서툰 필체로 갈겨씌어져 있
다. 두 줄 사이는 크게 벌어져 있고, 볼펜으로 무언가 쓰려
고 한 글자를 종이가 찢어질 듯 거친 선으로 지워버린 흔적
이 남아 있다. 필체가 심하게 흔들린 것은 전날부터 피운 대
마초 때문이겠지만, 낮에는 간병인이 쓰는 그 일지에 나는
분명히 "살려주세요"라고 썼었다. 그 글자가 당장이라도 도
망치듯, 누구를 향한 것인지도 기억나지 않는 그 말이 나를
어디론가 끌고 가버릴 것 같아, 그 글을 쓴 바로 그 손이 겁
에 질려 그것을 굵은 선으로 지워버렸다. 헤이, 친구, 내일
같은 건 없고, 언제나 오늘밖에 없다고 생각했는데 말이야.
'아래 하(下)' 자를 매직으로 굵게 써 놓은 수건, 뜨거운 물이
든 전기주전자, 건강을 대변하는 대변을 위한 라텍스 소재
장갑, 거기에 갈아입을 옷과 몇 장의 수건, 이런 흔해빠진
물건이 할머니에게 쾌적함을 주다니 마치 기적 같지 않은
가? 목욕타월 한 장만 있으면 나는 할머니의 목을 졸라 죽일
수도 있단 말이다, 친구.

나에게 언제라도 누군가를 죽일 정도의 증오와 고독을 키우게 하는 자는 할머니의 친자식들인 나의 친척들이다. 그 증오는 지금껏 현재진행형으로 유지되고 있으며, 약해질 조짐을 보이지 않는다. 우발적으로 생판 모르는 타인과의 사소한 싸움 끝에 사람을 죽여버리는 놈이 있지 않나? 평일 오후 4시에 전철을 타고 라이브 하우스가 있는 도시로 향하는 그때의 나는 그야말로 그런 잠재적 살인자다. 나는 차라리 그런 기회를 스스로 찾는다. 해가 저물기 전부터 전철역 매점에서 알코올을 들이키고, 열차의 문이 열리자마자, 다리를 넓게 벌리고 앉은 거친 고등학생의 무리가 있는 쪽으로 돌진하여, 그 옆의 빈 공간에 쓰러져 앉는다, 불만이 있으면 죽여보라는 식으로. 그러면 체격으로 보나 젊음으로 보나 나보다 훨씬 나은 고등학생들이 갑자기 얌전하게 자세를 고쳐 앉고, 전철은 내 옆자리와 맞은편 좌석을 쓸쓸하게 비워 둔 채 도시의 종착역에 밤이 내릴 때까지 열심히 달린다.

이렇게 나처럼 자포자기의 심정을 행동으로 나타내지 못하는 예비 살인자들은 그런 감정을 마음속에 감추고 있는데, 그러다가 자극을 받으면 한순간에 화약처럼 폭발한다. 평소의 나는 그들과 마찬가지로 되도록이면 사회성을 몸에 두르고 생활한다. 나 혼자서 살고 있는 것이 아니기 때문이다. 하지만 나의 사회성을 당연한 것으로 간주하는 친척들에 대해 나는 분노를 느낀다. 왜냐하면 지금의 내가 발휘하는 사회성은, 그 인간들의 향락이 될 수도 있는 할머니의 웃는 얼굴을 나와 어머니 둘이서만 죽을힘을 다해 얻어냈는데, 그런 향락의 부분만을 낚아채고, 수면 아래에서 땀을 같이 흘리지 않는 친척들에 대해 역겨움을 느끼면서도, 나 자신의 삶의 방식으로, 아무리 그래도 남을, 더구나 가까운 친척들을 욕하고만 있으면 안 되겠다고 생각을 고쳐먹고, 끊임없는 극기의 연속으로 겨우 이루어낸 사회성이기 때문이다. 그러나 이러한 나의 노력도 요즘에는 허무하게 느껴지고, 이 노력을 눈치채지도 못하는 그 인간들이 반성하지 않는다면 나도 할 수 없다는 생각에, 그것이 더 심한 증오와 고독을 사회 전체에까지 간접적으로 퍼뜨리게 만드는 원인임을 알면서도, 나는 이 세상에서 가장 보기 싫은 '무시'의 표정을 흘깃흘깃 짓게 되었다. 그런 나의 무시가 나에게로 돌아오고, 더욱 강화된 고독의 힘이 나를 다시 할머니 곁으로 가게 만든다.

나의 어머니는 10년 전부터 돌아가신 아버지의 뒤를 이어 작은 회사를 경영해왔다. 회사가 잘되기 시작했을 시기 – 그것은 아버지가 돌아가신 것과 거의 같은 시기인데 – 그 무렵부터 아버지의 여동생과 그 남편, 나한테는 고모와 고모부가 되는 사람들이 우리 부모님 회사에서 일하기 시작하여 우리 집과 인접한 창고 겸 영업소로 출근하게 되었다. 이제 몇 시간만 더 지나면 할머니에게 간병이 필요하게 된 지몇 백 일째의 아침이 찾아오겠지. 그런데 오늘까지 고모는 단 한 번도 할머니의 기저귀를 갈아본 적이 없다. 물론 낮의 일을 따지는 것이 아니다. 낮에는 고모가 노동을 해야 하는 시간이고, 그동안 할머니의 시중은 간병인의 몫이다. 그러니까 나도 낮 동안은 할머니의 아랫도리 시중을 들지 않는다. 병원에서 할머니가 퇴원할 때도 간호사한테서 기저귀 가는 법을 배우는 어머니와 나를 외면하고, 자기는 할 수 없다며 뒤로 물러서서 병실 구석에서 방관만 하고 있던 고모가 아직까지도 방관자로 남아 있다는 뜻이다.

고모는 분명 일하는 틈틈이 시간을 내서 할머니의 점심을 준비했다고 말할 수 있을 것이다. 그러나 그것뿐이다. 간병인이 할머니에게 점심을 먹여주는 모습을 매일 옆에서 쳐다보며 84살이 되는 자기 어머니를 향해 "엄마, 맛있지? 많이 먹어야 돼" 하고 달짝지근한 목소리로 자기 손자를 달래는 사람 마냥 말하는 그 모습은, 마치 할머니와는 생판 모르는 타인 같다. 도대체 어떻게 된 거야? 나는 내 눈을 의심한다.

아무리 말을 할 수 없게 되었다 해도, 삼키기가 힘들어서 이유식처럼 부드러운 식사밖에 할 수 없다고 해도, 할머니는 자기의 어머니가 아닌가? 고모의, 자기 손자한테 스스로를 '할매'라고 부르게 하는 구제불능의 감수성은 자기 어머니를 향해 내뱉는 말에까지 그 병의 깊은 뿌리를 내리고 있다. 일본어가 이상해졌다고 신문에 편집광처럼 투서하는 버릇이 있던 할아버지가 살아 있었다면, 하루 반나절 이상 그 단어를 두고 설교를 늘어놓았을 '할매'. 고모는 그 낱말이 엄마, 아빠라는 단어의 연장선상에 있는 자연스러운 말투라고 주장한다. 아아, 우리가 어느 세대부터 아빠, 엄마라는 표현을 아주 당연하게 쓰기 시작했나 하고 따져보면 바로 이 고모들, 우리 부모의 전후 세대가 부모가 되었을 때부터가 아니었던가? 헤이, 친구, 말은 인간을 만들고 있다. 가족을 자신과 자기 자식, 두 세대의 껍데기로 완결시키고 싶어하는 뉴 패밀리는 손자를 바르게 키우기보다는 자신의 책임을 포기하는 쪽을 택한다. 나는 열다섯 살 무렵부터 그런 구제불능의 인간을 '끝장났다'고 표현해왔다. '끝장났다', 최악의 표현이지? 1980년대를 정확하게 포착한 오사카 아이들의 언어는 아직도 그 지하 사회적 어감을 가지고 있는 것이다. 1990년대 이후에 한 세기를 풍미한 '졸라'가 아무리 '졸라'

문제가 된다 해도 '끝장난' 시대에 태어난 '끝장났다'는 그 말 자체가 진짜로 '끝장난' 것이다. 헤이, 친구, 언어는 인간의 똥이다. 무엇을 먹었는지, 어떤 생활을 했는지에 따라 똥은 변한다. 나는 '끝장난' 세대를 대표하는 '할매' 패밀리에 연민의 눈길을 한번 준 다음, 자, 다시 계속해야겠다.

핏줄에 대한 이야기로 넘어가볼까. 핏줄이란 무엇일까? 피의 진함이란 무엇일까? 그것은 완전히 소설이 아닐까 하고 나는 생각한다. 핏줄은 자신과 피로 이어진 타인을 특권적으로 짊어지게 하는 힘을 갖는다. "너는 너의 할머니의 피를 직접 이어받아 생긴 손자가 아니다. 그러니 자택 간병을 한답시고 주제넘게 나서지 말아라" 하고 지금 여기서 나보다도 진하게 할머니의 피를 이어받은 누군가가 말한다 해도, 내 등 뒤에는 두 사람의 그림자, 돌아가신 아버지와 돌아가신 할아버지의 그림자가 버티고 서 있다. 그것이 없었다 해도 나에게는 할머니의 손에서 자랐던 시절의 방대하게 축적된 기억이 있다. 핏줄 이야기 같은 것이 없다 해도 나는 아버지의 분신, 할아버지의 분신, 그리고 할머니에 대한 방대한 기억을 앞세워 할머니의 가랑이를 계속 닦아줄 것이다.

오히려 핏줄이 얼마나 거짓말을 잘하나 하는 생각이 든다. 내가 할머니에게 학대를 받으며 자랐다면 나는 일찌감치 "빨리 죽어라, 이 할망구야" 하며, 할머니가 꼼짝도 하지 못하고 누워 있는 침대 위에서, 침을 질질 흘리면서 기회를 노리고 있었을 것이다. 학대를 받은 아이들은 어른이 된 후에 자신을 학대했던 사람을 마음 내킬 때까지 학대하라, 그가 살아 있는 동안에 한을 풀어라, 하며 복수를 장려하자. "그런 일은 허무할 뿐이니 그만 두시오"라고 제삼자한테서 억압을 받고, 이번에는 자기가 자기 자식을, 자기 부모가 했던 것처럼 학대하기 전에. "넌 오늘 이날이 올 것을 알면서도 그런 짓을 했잖아?" 하고 45살의 딸이 72살의 아버지를 한겨울에 맨발로 베란다 밖에 밤새도록 방치한다. 따뜻한 방 안에는 방바닥에 산산조각으로 깨뜨린 술병과 압정을 깔아놓고, 밖에서 연발식 공기총으로 아버지의 몸을 쏘는 것이다. 아버지가 창문을 깨뜨리고 방 안으로 들어오면 "유리를 깨뜨리면 어떡해? 카펫도 이렇게 더럽히고 말이야!" 하며 나무칼로 아버지의 몸 곳곳을 꾹꾹 찌르며 유리 파편 위에서 아버지를 이리저리 춤추게 하라. 경찰의 심문에는 "버릇을 들이기 위해서 그랬다"고 큰소리쳐라. 상대는 예전에 서로가 한 핏줄이라는 것만 믿고 제멋대로 행동했던 타인이다. 나의 말을 옮겨 적어서 넌지시 아버지의 베갯머리에 놓아두는 것도 괜찮은 방법이다.

나는 할머니가 이 할머니가 아니었다면 매일 밤 간병 같은 것은 절대로 하지 않았을 것이고, 만약 나의 친구들이 가족에 대해 나만큼 마음이 가지 않아 간병 같은 건 귀찮기만 하다고 말해도, 혹은 학대를 받았으니 부모한테 보복을 해주겠다고 앙심을 품고 있어도, 나는 나고 너는 너라고 말할 뿐이다, 친구. 나름대로 이유가 있겠지 하고 생각할 것이다. 그러나 간병의 땀을 흘리지도 않았던 자가 간병 받는 환자의 비참함을 나에게 호소한다면, 그 자와 환자의 피가 아무리 진하게 섞여 있다 해도, 나는 나만의 고유한 간병 경험을 근거로 이런 말을 해줄 것이다. "이봐, 오줌통 닦아주고, 밥 먹여주고, 매일 밤 기분 좋게 잠들게 만들어준 다음에 그딴 소리를 지껄여." 알아? 마리화나 미경험자의, 상상력이 결여된 마리화나에 대한 환상 이야기에 "풀맛이나 본 다음에 지껄여" 하고 말할 때와 똑같은 오만함으로 말이다. 핏줄의 끈끈함 같은 것은 간병하는 데 눈곱만치도 도움이 되지 않는단 말이다, 친구. 그건 엉덩이를 닦을 때 쓰는 미지근한 물보다도 못하다. 다른 누군가가 만든 이야기 대부분이 자기에게는 쓰레기보다도 쓸모가 없는 것과 마찬가지야. "그런 이야기는 너만의 고유한 환상이 아니냐?"라고 나불대는 놈한테는 그것만이 현실이라고 가르쳐주겠다. "이류 서적과

섹스하다 죽어라, 이 골빈 놈아." 서적이 모두 인간의 머리에서 나왔다는 사실, 골빈 놈의 머리도 새로운 서적을 발명할 수 있다는 사실을 나는 간병하는 현장에서 배웠다. 나 자신이 새로운 서적이 되었기 때문이다 – 물론 나에게는 새롭다는 뜻이지만.

간병 현장에서도 누군가의 머리에서 머리로 복제가 거듭되어 온 '핏줄의 우위'를 강조하는 자가 있다면, 나의 몸으로부터 받은 정보를 기억하는 나의 머리에서 '기억의 우위'를 증명하는 나의 말이 이 시간, 이 장소에서, 그러니까 이상한 의무감만 가지고 제대로 간병도 하지 못하는 어른들을 만든다고 단언한다. 세상은 그렇게 단순하지 않다. '핏줄의 우위'도, '기억의 우위'도 이야기로서 갖춘 후에 간병에 임하는 사람이 대부분이다. 그리고 기억이라고 해도 가족과의 기억이 한결같이 좋기만 할 리가 없다. 간병이 필요한 가족에 대해 생각하고 싶지도 않을 만큼 큰 원망을 가진 자가 어떻게든 가족을 위해 헌신하고 싶다는 생각으로 노력하는 경우도 있다. 하지만 그것이 기억이다. 그런 것이야말로 기억이 일으킬 수 있는 힘이다. 그 속에 환자와의 관계나 핏줄의 거리를 근거로 한 자신의 우월성이 섞여 있다면 그것은 혈연이나 친척제도에 매달리는 타락의 시작이다.

간병 입문 1, 〈자신이 환자와 아무런 혈연관계도 없는 완전한 타인이라고 가정하라. '타인인데도 이런 일까지 해주었다', '타인이니까 다소 안 좋은 일도 있기는 했지만' 이라고 생각하면 아직도 자기가 더 많이 노력해야겠다는 생각이 들게 된다. 그렇게 하면 타협이 사라진다. 그렇게 생각하고 있어도 다른 곳에서 자기도 모르게 타협하게 되고, 약한 소리를 하고 싶어진다. 양자나 양녀가 훌륭하게 간호하는 사례는 수도 없이 많다. 그런 사람들이 과연 혈연을 이유로 간병하는 것이겠는가 하고 그들의 마음속을 헤아려보라. 오히려 피는 멀리 있는 자에게 더 가까운 것이라는 착각을 하게 한다. 달에 있으면서도 현세의 어머니 곁에 자기 몸이 있다는 착오는 참으로 일어나기 쉽다. 달에는 달에서의 의무가 있고, 현세에는 현세에서의 의무가 있다. 그렇다면 현세에 있을 때야말로 지금밖에 없다는 각오로 현세의 의무를 다하기 위해 힘을 쏟아라.〉

아까 말한 고모의 남편, 즉 할머니와도 나와도 피가 섞이지 않은 고모부 이야기를 하겠다. 고모부는 할머니와의 거리에 대해 당혹해하면서도 어린아이에게 하는 것처럼 말을 거는 정도밖에 하지 못했지만, 그것은 할머니의 딸인 고모의 아기 같은 말투와는 근본적으로 다르다. 아내의 어머니, 즉 장모인 할머니와 대면하는 순간에 고모부는 겁을 내어 떨면서, 혈연관계의 결여에서 오는 어색함 때문에 서먹서먹한 단어밖에 쓰지 못하는데, 그래도 정성이 담긴 그 떨림은 할머니를 충분히 편안하게 해주었을 것이다. 손을 내밀고 싶은 순간에도 자기는 남이니까 하는 생각으로 자제하는 고모부의 마음을 나는 헤아릴 수 있다. 아마도 그는 핏줄이 섞이지 않았다는 사실을 두려워하고 있을 것이다. 예전에 할머니가 건강했던 시절에, 고모부는 애정을 쏟아주지 못한 자기의 죽은 어머니보다 장모인 할머니를 진짜 어머니처럼 생각하고 있다, 라고 나에게 슬쩍 이야기해준 적이 있다. 그 점은 친척들이 모두 잘 알고 있는 바다. 할머니와의 핏줄의 거리, 그리고 동시에 할머니의 핏줄을 이어받은 사람들 모두와의 거리를 무서워하지만 않으면, 고모부는 할머니에 대해 마음속에서 느끼고 있는 대로 '엄마'라고 부를 수 있었을 텐데, 그 거리를 좁히지 못하는 고모부는 말뚝에 박힌 사람처럼 계속 같은 장소에 머무르면서, 그래도 매일 할머니에게 기쁨의 미소를 보내는 것이다.

그렇다면 나보다 두 배나 진하게 할머니의 피를 이어받아 그 덕분에 살고 있는 고모는 어떠한가 하면, 간혹 "엄마, 엄마, 꼭꼭 씹어서 잘 삼켜야 해요, 알았지!" 하고 평소의 고모다운 말투를 입에 올려 나를 든든하게 해준 일도 있었지만, 간병 현장에서 당사자로서 진정한 땀을 흘리는 일은 없다. 아니, 그것을 깊이 고려해보는 눈치조차 없다는 점이 나를 짜증나게 만든다. 혹시 나를 회사에서 파견 나온 직업 간병인으로 착각하고 있는 건 아닌가 싶어지는 몸짓을 통해 그 속내가 들여다보인다. 행동 없음, 성찰도 없음이 그 속내를 증명해주는 것이다.

고모 이외의 할머니의 다른 자식들도 한결같이 우리 집에 올 때는 일부러 간병인이 있는 시간대를 골라, 무슨 병문안을 온 기분으로 그럴듯하게 꽃다발 같은 것을 들고 현관문을 연다. 마치 레저를 즐기고 있는 듯한 그 무신경함이 아직도 행군중인 나를 죽은 생선 눈깔을 가진 남자로 바꿔놓는다. '병문안'과 '시중'은 전혀 다른 행위다. 할머니를 즐겁게 하기 위해서는 그것도 하나의 괜찮은 기분전환 방법이다. 하지만 이 아이가 하고 있으니 나는 손대지 않아도 되겠지, 하는 그런 냉랭한 기운까지 풍기는, 환갑을 앞에 둔 어른들은 침대에서 할머니를 들어올릴 때, 어머니나 내가 허리에 느끼는 묵직한 통증의 공포를 뒤로 한 채 그 일에 임한다는 사실 같은 것은 상상도 하지 못할 것이다, 죽을 때까지. 우리 아버지가 죽은 다음해, 그들의 아버지인 우리 할아버지도 죽었다. 따라서 그들에게는 이 할머니가 마지막 친부모가 되니, 순조롭게 가면 그들은 이제 부모의 뒤치다꺼리를 하지 않아도 되는 셈이다. 그리고 미래의 자기 시중은 자식들이 들어줄 것이라고 믿어 의심치 않는 것인가? 원하신다면 베테랑인 내가 기저귀를 갈아줄 수도 있다, 죽을 생각으로 말이다.

간병침대 전문가인 나는 침대 전체를 상하로 이동시키는 전동모터가 무엇보다도 간병인의 허리를 지켜주기 위한 안전장치라는 사실을 잘 알고 있다. 겨우 몇 초만 참으면 된다는 생각에 매번 자기 배꼽보다 낮은 위치에 드러누운 자를 들어올리는 일을 반복하다보면, 간병인의 허리에서 단단함과 끈기가 상실되어가다가, 나중에는 힘을 줄 수도 없게 된다. 허리를 굽힌 채 30분 동안 벌벌 기어 다녀봐도 기저귀 한 장조차 갈아줄 수 없는 늪 속에서, 간병인의 육체는 진짜 지옥을 맛보게 되는 것이다. 헤이, 친구, 그런 기회가 있다면, 살아남고 싶으면, 총을 다루는 듯한 신중함으로 임해야 한다, 요통은 소리 없이 진행되면서 시시각각 신체의 요충지를 갉아먹는 것이다.

할머니가 병원에서 돌아온 지 2주 가량 되었을 무렵이던가, 밤중에 부엌에 있던 나는, 혼자서 할 수 있다며 옆방으로 할머니의 기저귀를 갈러 들어간 어머니가, 정신을 차려 보니 벌써 몇 십 분이나 지나 있는데도, 허리를 굽히고 윗몸을 숙인 채 할머니의 작은 엉덩이를 들어올리지도 못하고, 끙끙 앓는 소리를 내고 있는 모습을 보고 사태가 심상치 않음을 알아차렸다. 허겁지겁 어머니 곁으로 다가갔더니, 이게 무슨 날벼락인가. "이상하게 내 몸을 제대로 움직일 수가 없네" 하고 거친 숨을 내쉬는 어머니를, 할머니가 목만 일으켜서, 종이기저귀에서 'ㄱ'자로 삐져나온 살이 없는 앙상한 다리를 드러낸 모습으로, 걱정하듯이 바라보고 있는 것이 아닌가. 그리고 천장에 박혀 있는 조명이 노란빛을 뿌리는 할머니와 나의 침실에서, 벌써 노쇠의 입구에 들어선 어머니의, 이제는 심지가 빠지기 시작한 육체까지도 도움을 청하고 있는 것처럼 보였던 것이다. 이대로 어머니도 나도 걸어 다니는 것조차 힘든 상황에 처하게 되는가 싶어, 처음으로, 어머니와 내가 선택한 자택 간병이라는 환경이 바닥이 없는 늪처럼 느껴졌다. 뻐근한 아픔이 쌓여가는 약해빠진 몸이야말로, 간병하는 사람의 감정과 느낌까지도, 틀에 박힌 비참함을 부추기는 듯한, 여성주간지의 광고란을 화려하게 장식하는 '간병지옥'형 파멸 속으로 빠져들게 하는 원흉이라는 사실을, 절망적인 공포와 함께 직관했다. 그래, 그것은 그야말로 직관이었던 것이다, 친구.

나는 그 공포의 속내를, 그 윤곽을, 핏속에서 계속 연기를 뿜어내는 대마초의 눈이 되어 '직관했다'고 느꼈다. 몇 명의 간병인들이 한결같이 말하던, 요통을 피하는 법을 다시한 번 어머니에게 차근차근 일러주고, 나 자신도 스스로 철저히 지킬 각오로 원격 리모콘을 조작하여 할머니가 누운 침대를 그대로 높은 위치로 수평이동 시켰던 것이다. 우주선의 느릿느릿한 도킹이라도 바라보고 있는 듯한 신중함으로, 모터의 미세한 소리에 귀를 기울이며, 그 소리에 빠져넋을 잃게 되는 것도 참으면서. 할머니는 "높이도 올라가는구나" 하고 신기한 놀이기구에 타기라도 한 사람처럼 무서워하지도 않고 좌우를 둘러보고 있었다. 그러고 나서 나는 동네의 무료 간병강습에서 배운 대로 침대를 정지시킨 다음, 좌우의 추락방지용 난간의 한쪽을 빼서, 평소에 하던 것처럼 할머니의 오른편 침대 끝으로 내 배를 찰싹 붙이고, 왼손으로 할머니의 왼쪽 어깨를 잡아 그쪽 팔꿈치 안쪽이 할머니의 베개가 되도록 할머니의 머리를 든 후, 오른손으로 할머니의 엉덩이 왼편을 휘감아 들어올렸다. 그랬더니 봐라! 할머니의 몸은 내 두 팔 속에서 너무도 가볍게 들어올려

졌고, 나는 처음으로 '이거구나!' 하는 기술을 깨달았던 것이다.

그렇게 할머니를 가볍게 느낀 것은 그때가 처음이었다. 그 이전까지는 침대의 높이를 어설프게 조정했기 때문에, 허리에 통증이 생기는 일을 당연하다고 여겨왔던 것이다. 침대의 높이를 섬세하고 정확하게 조정하면 허리에 부담이 거의 가지 않는다. 아니, 상하 이동을 위한 모터는 처음부터 이런 일을 위해 존재했던 것이다, 친구! 허리가 욱신욱신 아파오는 감각을 이제는 맛보지 않아도 된다. 나는 마리화나에 취해 약간 혼탁해진 머리로 간병의 대원칙인 침대의 기본조작을 생각해내고, 그 지식을 신중하고 정확하게 행동으로 옮긴 덕분에 아슬아슬하게 죽음을 모면했다! 나는 각성했다! 동시에 그 기술을 대마초의 힘으로 꿰뚫어보았다는 '함정'에 저주를 퍼붓기 시작한 것이다.

……아깝게 되었군, 삼류 추문잡지 기자 여러분, 그리고 그 애독자인 잠재적 우익들. '간병지옥'이라니, 아아, 이 얼마나 불쌍하고 초라한 말인가! 간병에 지친 피폐한 백수에다 대마초 상습복용자인 내가 할머니와 어머니를 참살하고, 집에서 기르던 개의 시체까지도 등불을 매달듯 철사로 대롱대롱 매달아놓은 후, 개의 피로 우리 집 담벼락에 '자아니,

푸마하마, 쓰루' 하고 무슨 말인지도 모르는 낱말을 휘갈겨 놓으면 당신들이 좋아하는 대형 신상품의 완성이다. 자기 손을 더럽히지 않고 상품을 새롭게 만들어내기 위해, 견본을 들이대며 보다 참혹한 다음 사건이 일어나주십사 하고 기도하면서 기사를 짜는 여러분, 당신들이 준비한 이야기가 궁지에 몰린 개인의 생각을 얼마나 위축시키고 후퇴시키는지 다 알고서 꾸미는 짓이지? 닳고 닳은 말로 독자들을 사건의 생산자 후보로 양성하여 새로운 장사 재료로 개발하고 있는 것이지? 현장 리포트, 현장 리포트! 이곳에서는, 자리보전하던 할머니와, 피폐의 고개를 넘을 힘조차 빠져버린 어머니, 자살조차도 포기해버린 나, 그리고 그 단짝인 '신기한 울퉁불퉁 단풍 모양' 등이 아직 죽지 않고 살고 싶어하는 모양입니다, 친구. 하하.

환자는 두뇌의 티켓, 나는 나의 뇌를 타고 '나'라는 현실을 구성하는 여러 현실의 여러 기구를 안다. '간병지옥'이라고? 표현으로서의 강도를 갖추지 않은 단어는 무서울 것이 전혀 없다! 그저 불쌍하게 생각해주마, 전달자 주제에 표현을 우롱하여 현실을 저주하는 익명의 망자들이여, 대마초의 허덕임과 할머니의 가랑이에서 나오는 고름의 끈기 사이에서 '간병지옥'을 줄타기하는 나의 이 악한 상념을 이길 수 있겠는가?

다시 한 번 묻는다, '간병지옥'이라고? 네놈들이 흘린 '불행의 편지', 내가 분명히 받았다. 그래, 내가 지금 있는 곳은 그야말로 지옥이다. 아무리 열심히 나아가도, 얼마나 진전이 되었는지조차 분명하지 않은 똑같은 장소, 앞으로 할머니가 죽을 때까지 오래오래 끝도 없이 계속되는가 하고 때로는 공포에 떨고, 절망하고, 도움을 청하지만 여전히 변하지 않는 나의 지옥이다. 나밖에 할 사람이 없는, 내가 각오하고 손에 넣은 이곳, 네놈들이 지옥이라고 부르고 싶어하는 이곳에서, 자, 이번엔 내 차례다. 지옥의 본고장에서 배운 저주를 해주마.

네놈들의 손에서 뿌려진 비극들이 모두 돌고 돌아, 언젠가 네놈들이 있는 곳을 찾아, 네놈들에게 생기기를. 그날은 아무런 예고도 없이 네놈들의 집을 찾아들 것이다. 버려진 네놈들의 그림자가 잔뜩 울어서 퉁퉁 부어오른 눈으로, 제발 안에 들어가게 해달라고 문을 두드릴 것이다. 필경 남의 일이라고 얕잡아보고 있었는가? 네놈들이 서류를 흘린 것처럼 다른 곳에서 싫증이 난 비극이 네놈들 곁으로 밀려들 것이다. 자, 예언해주마. 느닷없이 네놈들의 말은 예기치 못한 비극을 내뱉기 시작할 것이다, 그렇게 제일 먼저 말부터 사로잡히고, 현실이 그 노예가 되어 비극의 성사를 향한 고역을 짊어질 것이다, 라고. 비극은 항상 여기서부터 시작된다. 네놈들이 만나는 것이 모조리 비극의 얼굴을 숨기고, 무언가가 누군가에게 매달리려고 발이 미끄러지는 순간, 네놈들은 더욱 깊이 나락 속으로 빠져드는 것이다. 하하, 벌써 시작되고 있다, 만나는 것마다 모두가 비극이라고 그랬지? 도움을 청한 바로 그 상대야말로 또 다른 비극이다. 그런 것이 네놈들을 구해줄 수 있다고 생각하는가? 돈도 일도 애인도 가족도 친구도 의사도 경찰도 변호사도 점쟁이도 종교도 사상도 레저도 모두가 한결같이 네놈들을 위해 갖춰진 다음 비극으로 향하는 문이다. 어차피 남의 이야기라고 얕잡아보고 있었지? 하지만 부당하게 무시했던 이야기들을 되짚어보듯이 차례차례 맛보는 네놈들은, 비극이 이제 진리처럼 네놈들 목구멍까지 가득 찼음을 안다. 그냥 빠져 죽을래, 아니면 쓸데없이 버둥거려볼래? '주간지에 텔레비전에 이류 잡지에, 수많은 망자들의 먹이로 갈가리 찢겨져버린 모든 죽은 자들의 영혼이여, 살아 있으면서도 영혼을 빼앗긴 자여! 나의 목소리를 빌려주마! 나에게 들어와 원한이 사라져 없어질 때까지 그들을 저주하라.' 자, 네놈들은 어느 한 많은 귀신의 저주를 받아 죽고 싶으냐. 갖가지 지옥으로 누군가를 밀어 넣은 악업의 회귀로? 그것을 가볍게 여기는 모든 자들을 수용할 수 있는 '지옥'이라는 낱말을 퍼뜨린 것은 바로 네놈들이 아니었더냐? 내가 있는 이곳에서 좋은 걸 가르쳐 주마. 네놈들에게 지옥을 극복할 수 있는 영혼은 영원히 깃들지 않는다. 타인의 이야기를 오물처럼 취급하는 네놈들의 손놀림이 이미 스스로를 더럽혀왔다. 도망치면 도망칠수록 지옥은 넓고, 깊고, 맑은 덧없어, 올 리가 없는 마지막을 목이 빠지게 기다리면서 망자의 영혼은 죽은 채로 살아간다. 네놈들의 영혼이 헤매는 밤, 나의 저주는 이루어진다…….

아아, 마지막이다, 한 가지만 거짓말한 것을 고백하지, 내가 있는 이곳은 지옥 같은 곳이 아니다, 약 오르지? 이곳은 나의 뇌, 말의 차원, 제13구, 너무도 큰 혜택을 받은 나의 현실을 알게 된 곳이다. 왜냐하면 나에게는 나의 말이 있기 때문이다. 나에게는 나를 만든 말의 구조가 있다. '집안과 가족을 저주하고 원망하는 나'에서 '세상에서 가장 혜택 받은 환경을 받은 나'로 삶을 바꿔 다시 태어나게 한 장소, 헤이, 이봐, 교과서를 달달 외워야 하는 학생처럼 억지로 그렇게 생각하게끔 만든 것은 아니다, 친구. 그렇게 느끼지 않으면 앞뒤가 맞지 않는 현실을 깨닫게 된 것이지. 그런 기억의 광맥을 뇌에서 찾아낸 푸른 감각이 몇 년 전에 영혼의 가능성을 알아차리게 해주었다는 사실이 새삼 머릿속에 떠오른다.

　지식, 지혜, 기술은 영혼의 힘이 된다. 기억은 생각으로 통하는 고유한 자원이다. 생각은 영혼을 단련시키기 위해 존재한다. 영혼은 나를 움직인다. 나는 간병인들의 얼굴을 떠올리며 간병을 직업으로 하는 사람들의 존재를 통해 나를 계속 격려할 것이다. 아아, 역시, 믿었던 대로, 이런 나에게도, 언젠가는, 반드시, 계속할 수 있는 일이 있었던 것이다. 간병침대의 조작이, 현장에서의 지식이, 무자비한 패러디의 무덤에서 나의 가족을 구해주었다. 그러나 무언가 목적을 달성했다는 뜻은 아니다. 앞으로 끝도 없이 계속될 것처럼 보이는 현실의 반복이고, 겨우 그 입구에 당도한 어머니와 나는, 벌써 숨이 차서 허덕이고 있을 뿐이다. 나는 떨어질 뻔한 암흑의 깊이를 상상하기만 해도 새록새록 공포심이 솟아나며, 일단은 어떻게든 살아남았다고 가슴을 쓸어내릴 뿐 옆을 돌아볼 여유도 없었다. ─〈간병을 받는 쪽이 되고 싶지 않으면 반드시 허리 위치까지 침대를 올린 다음에 기저귀를 갈아주어야 한다.〉─ 나는 가르쳐주겠다, 이 몸을 지키는 법에 대해, 이 사람 저 사람 가리지 않고. 그것을 필요로 하는 '이 사람'도 '저 사람'도 모두 그때의 '나'다.

　그러나 나는 아직 친척 누구한테도 이 비결을 가르쳐준

적이 없다. 슬픈 일이지만, 친구, 그럴 만한 기회를 여태껏 가져본 적이 없기 때문이다.

나에게 치가 떨릴 만한 사건이 일어났다. 내가 부족한 수면을 채우고 있었던 낮 시간에, 간병인이 시중을 들고 있는 옆에서 고모가 할머니가 우는 장면을 몇 번 보게 되었던 모양이다. 그리고 그 사실에 내가 놀라자, 그것을 자랑스럽게, 마치 자기 혼자서만 알고 있는 일처럼 눈물까지 글썽이며 떠들어대고, 그것을 천박하게 근거로 삼아, 마치 자기가 할머니와 가장 가까운 곳에 있고, 아니 한술 더 떠서 자칫하면 자기 혼자서만 할머니의 시중을 제대로 들고 있고, 나는 대낮부터 뒹굴면서 아무것도 하고 있지 않다는 식으로 따지려는 듯한 눈치였다. 심야의 할머니를 간병한 적도 없이, 그저 낮에 울고 있는 모습을 목격한 것만 가지고! 읍스! 읍스! 으아악, 웃겨 죽겠다! 아니, 정말 내가 웃다가 죽을까? 할머니의 눈물을 걸고서라도, 할머니의 웃음을 걸고서라도, 할머니에 관해서는 내가 고모보다 훨씬 더 많이, 더 깊이 경험하고 있다.

심야에도 종종, 분하다는 듯이, 억울하다고 한탄하듯이, 몸을 움직이지 못하고 말도 하지 못하는 할머니는 흐느껴 울었다. 그럴 때마다 나는, 나름대로의 언어로, 내 딸에게 말을 걸듯이 할머니를 마주했다. 나는 동시에 그 말을 나 자신에게도 하고 있었다. 언제였던가, 간이침대 위에서, 할머니가 초등학교에 들어가기 전의 여자아이가 되어 나와 손을 잡고 같이 신이 나서 다리를 건넌 후, 다리 건너편에서 웃으면서 뛰어오는 꿈을 꾼 적이 있다. 그런 꿈을 꿀 수 있었던 것을 나는 행복이라고 느끼고, 그 광경을 몇 번이고 떠올려본다. 때로는 나도, 눈물을 흘리며 우는 할머니에게 말을 건다. 하지만 "불쌍해서 어쩌나" 하는 말을 입에 올리거나 그렇게 생각한 적은 한 번도 없다. 눈물은 나한테도 어머니한테도 실패나 비극을 뜻하지 않으니까. 무시하고 지나쳐버린 것도, 불쌍하다고 동정한 것도 아니다. 다만 지금까지 함께 노력해온 일들을 생각해내면서, 그래도 울음이 그치지 않을 때는 할머니의 마음이 풀릴 때까지 기다리려고 했다.

눈물에도 여러 종류가 있다. 내가 침대 위로 몸을 숙였을 때, 내 얼굴 밑에서 "미안하구나" 하고 오랜만에 할머니의 목소리가 들렸나 싶었더니 그대로 할머니가 신음하듯이 울었던 일도 있고, 반대로 배의 힘만으로 목을 일으키는 할머니의 표정이 아무런 장애도 없는 듯 밝은 것을 보고 "정말 열심히 노력했네요" 하며 내가 목소리를 쥐어짜고, 나의 화려하기 짝이 없는 금색 머리카락을 쓰다듬으며 웃는 할머니를 보고는 내가 그대로 엉엉 소리 내어 운 적도 있었다.

좋은 일만 있었던 것은 아니다. 간병인의 도움으로 저녁을 먹은 할머니를 침대에 눕힌 채 TV를 켜놓고 "할머니, 나중에 케이크 같이 먹어요" 라고 말한 다음, 나는 내 밥을 한 시간이나 걸려서 먹은 후에야 케이크 먹겠다는 약속이 기억났다. 허겁지겁 할머니 곁으로 미안하다고 사과하면서 다가갔더니 할머니는 괘씸하다는 듯이, 하지만 놀라울 정도로 명확한 말투로 "어지간하구나!" 하며 투덜거렸다.

내가 심야에 혀를 차서 할머니를 울게 했던 일도 있었다. 입 안을 닦아내는 일도 모두 마친 후, 겨우 불을 끄고 누워 선잠이 들었을 때였다. 어둠 속에서 누워 있는 할머니가 눈을 감고, 입술을 짭짭하고 조용히 울리는 소리에 나는 음산한 기운을 느꼈다. 할머니가 입 안이 말랐다는 사실을 나에게 전하기 위해서 그런다는 것을 알면서도, 눈치도 없느냐고 은근히 다그치듯이, 말을 분명하게 할 수는 없어도 소리 정도는 낼 수 있을 텐데 왜 저러나 하고, 그 축축한 소리에서 오는 불쾌감에서, 나는 이불을 걷어차고 혀를 차면서 "에이, 또 뭐야!" 하고 말해버렸다. 그 말은 대번에 자리보전하고 있는 노인을 갓난아기처럼 앙앙하고 소리 내어 울게 했다. 나는 허둥지둥 큰 소리로 사과하고, 할머니의 얼굴을 끌어안듯이 몸을 굽혔으나, 그래도 끝까지, 입술이 내는 그 소리에 대한 불쾌감을 따지지 않고는 배길 수가 없었다. "앞으로는 신경을 더 쓰도록 할 테니까 그런 식으로 입을 짭짭대는 소리는 내지 마세요. 할머니, 부탁이니까, 말로 하려고 해보세요." 나도 마음의 평정을 유지하지 못해 울면서 말했다. 그 후로는 내가 익숙해져서 표정을 보기만 해도 대충 그때그때 눈치챌 수 있게 되었는지, 아니면 어머니가 그랬던 것처럼 나도 기저귀를 교환한 직후에 마실 것을 가져다드릴까 하고 반드시 묻게 되어서 그런지, 어쨌든 그 짭짭거리는 소리를 자장가로 삼기에는 내가 너무도 지쳐버리고, 쇠약해져서, "TV가 너무 이상하다, 보는 사람에 대한 친절함도 배려도 없다, 이 미친놈의 나라는 도대체 어떻게 돌아가는 거야" 하고 친구에게 전화를 걸어 우는 일조차 있었으니, 그 짭짭거리는 소리가 나의 애원을 무시하고 만약 내일부터 몇십 번의 밤 동안 되풀이된다면, 나는 지금까지의 말을 완전히 뒤엎고 할머니를 죽일 수 있을지도 모른다. 상대가 자리보전하고 있는 노인이라는 생각에 내가 화를 내는 것을 그만두었다면.

나는 할머니를 죽이고 싶다거나 할머니의 죽음을 기대한 일이 단 한 번도 없다. 가족의 죽음이 어떤 것인지 모르는 바는 아니다. 게다가 지금 할머니와 같이하는 생활의 출발점이 할머니의 죽음에 임박해서였다는 점도 큰 원인의 하나가 되고 있다. 자리보전하고 있는 사람에게는 아무것도 하지 않고 그 사람을 그냥 내버려두는 것도 학대가 된다. 내가 할머니의 짭짭거리는 소리에 대해 혀를 찬 일은 물론이고, 밤중에 일어나지 못해 할머니의 오줌으로 잠자리를 온통 축축하게 적셔버린 경우를 들라면 손으로 꼽기에도 귀찮을 정도로 많으니까, 내가 결과적으로 할머니를 학대한 적이 있다고 추궁을 당할 수도 있지만, 그런 추궁을 달게 받을 각오는 항상 되어 있다. 하지만 그렇기 때문에 할머니를 간병할 자격을 나한테서 빼앗아갈 권리 같은 것은 누구에게도 없다고 분명히 말할 수 있다.

할머니는 우선 우는 얼굴 하나만 해도, 비참하기만 한 나날을 보내는 자리보전하는 노인의 얼굴이 아닌 것이다. 울음을 터뜨린 횟수보다 몇 만 배는 더 자주 웃는 할머니, 어머니와 내가 할머니를 휠체어로 옮겨 앉힐 수 있는 여유를 가질 수 있는 밤에는 나의 웃음소리에 할머니도 덩달아 휠체어를 흔들면서 웃는다. 식탁 앞에서 강아지를 안고, 틈만 나면 멜론이나 케이크를 사 가지고 돌아오는 어머니의 손으로 그것을 받아먹으면서. 나와 어머니의 목소리를 들으며 끄떡끄떡 졸고 있을 때도 "그만 자러 갈까요?" 하고 물었더니, 내 쪽을 멍하니 올려다보며 애매하게 미소 지을 뿐 고개를 끄덕이지는 않고 다시 눈을 감는 것을 보고, 그냥 그대로 나와 어머니의 목소리를 자장가 삼아 비몽사몽을 계속하고 싶은 모양이라고 눈치채고는, 일과 간병으로 인한 피로가 육체의 일부가 된 지 한참 되었을 어머니가 "어머니, 조금 더 이렇게 여기 계실래요?" 하고 할머니의 어깨를 흔들면, 할머니는 눈을 감은 채 고개를 크게 끄덕였다. 뭔가 절박한 표정을 짓고 있기에 침대에 누워 있는 할머니의 시선을 따라갔더니, TV에서 대지진의 피해자들에 대한 다큐멘터리가 서글픈 분위기로 방영되고 있었다. "어머니, 이건 TV예요. 남들이 슬퍼하는 걸 보고 어머니까지 힘들어하시면 안 돼요" 하며 웃는 얼굴로 어머니가 등을 쓰다듬으면, 긴 한숨을 쉬는 할머니의 모습은 TV에 지나치게 감정이입을 하는 노인들 특유의 것이어서, 나와 어머니에게는 오랫동안 친숙하게 보아온 평소의 할머니 그 자체인 것이다.

할머니는 자기 힘으로 걸을 수 있던 시절에도 TV에 외국인 레슬링 선수가 나오면, 그 사람이 반칙을 하지 않도록 찌르는 듯한 감시의 눈길을 번득이며, 아마도 삽이나 깨진 병 조각 같은 흉기를 몰래 숨겼으리라 기대하고 있었던 듯한

데, 그렇지 않다는 것을 알고 나면 "이 백인은 의외로 깨끗하게 시합을 하네" 하고 그 공정함을 칭찬했다. 그런가 하면 어쩌다가 TV의 가요 프로그램을 보고 가수를 가리키며 "할머니, 이 가수는 어때요?" 하고, 싫어한다는 할머니의 대답을 예상하며 내가 물으면, 역시 예상한 답이 나오기는 하는데, 그 이유가 분명했다. 그 가수는 최근에 보기 드물 정도로 소박하게, 몸을 중심으로 좌우로 팔을 가만히 흔드는 정도로 얌전하게 춤을 추는데도, 할머니는 그 움직임을 "퇴폐적이네" 하고 못마땅해하며 "왜 저렇게 손을 건들거리는 게야" 하고는 도저히 이해가 되지 않는다는 표정을 지었다. 그러고도 한참을 더 생각한 끝에 "아무래도 모르겠어" 하며 여전히 미간을 찡그린 채 말하는 것이다.

헤이, 친구, 어쨌든 나는 지금도 할머니와 생활하고 있다. 간병만 하는 것도 아니고, 옆에서 걱정만 하는 것도 아니다. 할머니의 울음이 큰 문제라고 떠들어대는 인간은 휠체어를 탄 할머니가 몸을 뒤로 젖히면서 웃음을 터뜨리는 표정을 알지 못한 채 죽어갈 것이다. 나는 관광객을 상대하는 가이드처럼 서비스 정신을 한껏 발휘해서 할머니의 웃음을 누군가에게 보여줄 생각은 아예 없다. 할머니를 기쁘게 하는 보람을 모르는 친척을 기쁘게 해주기 위해서 내가 힘을 들이면서까지 할머니의 웃음을 끌어낼 의무라도 있다고 생각하나? 나의 코미디 재능을 아까워하는 나는, 친척들이 오면, 친절하고 애교도 많아 할머니를 잘 웃게 만드는 본가의 친손자 자리에서 당장 내려와, 그들에게 곧장 할머니를 맡겨 둔 채 인상을 잔뜩 찌푸리며 2층으로 올라가버린다. 자, 침묵하는 어머니를 앞에 두고 얼어붙은 시간을 잘 지내보라고. 고모가 할머니가 울었다는 소리를 자랑이라도 하듯이 떠벌리고 간 날부터 나는 나와 어머니 앞에서만 보이는 할머니의 웃음에 대해, 기뻐서 어쩔 줄 모르는 것처럼 친척들에게 이야기하게 되었다. 이것이 나의 잔인하기 짝이 없는 전투 방식이다.

한밤중에 어머니에게 시간적인 여유가 있을 때, 그리고 할머니도 아직은 잠이 들 것 같지 않을 때, 어머니가 "어머니, 밤새도록 한번 놀아볼까요?" 하고 장난스럽게 제안하면, 소박한 가족 파티가 열린다. 나는 평소 이상으로, 옆집까지 들릴 정도의 큰 목소리로, 아아, 할머니가 잠자면서 뭔가를 삼켜서 목에 걸리지 않도록 나는 평소에도 소리를 지르듯이 말을 하는데, 그 이상으로 황당하게 큰 소리로, 마치 큰 소리와 더불어 움직이기 시작하는 인형처럼 온몸을 사용해서 할머니에게 말을 걸고, 그때마다 휠체어의 할머니는

"얘가 왜 이렇게 무시무시하게 말을 하나!" 하듯이 눈썹을 찌푸리며 어머니의 얼굴을 올려다보고는 하하하 웃는다. "노인장, 어떻습니까?", "어이구, 이거 몸이 아주 좋아지셨 구먼!" 한술 더 떠서 금색으로 염색한 머리카락을 거칠게 휘 두르며 민요를 부르면서 춤춘 다음 얼간이 같은 표정을 짓 는 장난을 친다. 그런 나를 어머니가 할머니의 어깨 위로 몸 을 구부리고 손가락으로 가리키며 놀려댄다. 또렷하게 말을 하지 못하기 때문에 입을 자꾸 다물게 되고, 그래서 어느새 낮아져버린 목소리로 할머니는 웃는다. 얌전한 닥스훈트 두 마리를 할머니의 침대 위에 풀어놓고, 때로는 나 자신이 할 머니의 좁은 침대로 뛰어 들어가 장난을 친다. "얘가 왜 이 래! 아휴, 참, 비쩍 마른 사자가 뒹구는 것 같지 않아요, 어 머니?" 그런 어머니의 목소리에 얼굴을 주름으로 일그러뜨 린 할머니의 웃음이 겹쳐진다. 나는 내가 작곡한, 전자음이 꿍차, 꿍차, 하고 박자에 맞춰 우스운 소리를 내는 곡을 소 형 녹음기로 틀어놓고는 내가 상상하는 민요풍의 댄스를 추 며 할머니의 침실에 등장한다. 할머니가 웃을 때까지 절대 로 긴장을 늦추지 않고, 그것만으로 효과가 없으면 제대로 추지도 못하는 로봇 댄스를 추기도 한다. 태어난 장소도 시 대도 모두 다른 가족 세 사람이 마치 중학교 여학생들처럼 서로의 사진을 찍으며 논 적도 있다.

한차례 소란을 피우고, 한밤중에 가족 셋이서 케이크를 먹은 후, 마지막을 장식하는 행사로 자리에 누운 할머니 양쪽에서 기저귀를 활짝 열어본다……. 오줌 패드에 오줌이 가득 찼으면 할머니의 신진대사가 평소처럼 정상이라는 뜻이니 '좋음', 만약 똥이 묻어 있으면 이는 변비 기운이 있는 할머니한테는 '아주 좋음'으로, 기쁜 소리를 지르며 어머니와 나는 경사를 자축한다. 의사용 라텍스 장갑과 더운 물을 채운 주전자, '아랫도리' 전용 수건 등을 허겁지겁 준비하면서. 평소에는 어머니나 나, 둘 중의 하나가 혼자서 하는 아랫도리 시중을 어머니와 내가 함께 할 때, 그것만으로도 그 작업 자체가 충분히 축제의 한 순서처럼 생각되었다. 아니, 그때는 할머니도 함께 끼어서 할머니의 체위를 바꾸면서 비뚤어진 시트 다시 깔기, 옷 갈아입기, 기저귀 갈기까지 셋이 함께 즐겼다. ─ 시트 위에는 욕창을 막기 위한 에어매트가 있고, 그 위에 큼직한 타월이 깔려 있고, 그 위에 할머니가 누워 있다. 어머니와 내가 둘이서 할 때, 다리 쪽으로 내려간 할머니의 몸을 베개 쪽으로 끌어올리기 위해서는, 병원에서 간호사들이 했던 것처럼, 침대 좌우에서 목욕타월의 양끝을 두 사람이 동시에 끌어올려, 할머니의 몸을 목욕타

철로 된 그물침대 속에 넣는 요령으로 이동시키는데, 어머니와 나의 "하나, 둘"이라는 구령에 이어 밑에서 "영차"하고 맑은 목소리가 들려왔을 때는, 어머니도 나도 또 한 사람의 적극적인 간병 협력자의 존재가 있다는 사실이 기뻐서 자연스럽게 흥분하여 떠들어대곤 했다.

무겁게 고여 있는 피로의 늪 속으로 빠져들지 않기 위해서라도 웃고 떠들자. 그것을 즐길 수 있을 때는 지금밖에 없다는 각오로 열심히 즐기자. 비가 오는 날에는 축제를 벌일 수 없다는 사실을 할머니도 알고 있을 테니까. 그렇기 때문에 할머니의 슬픔에 안일하게 동조하여 흘리는 눈물은 방관자의 무책임한 자기만족이라는 생각밖에 들지 않는다. 그 속에는, 이런 몸으로 살 바에야 죽는 편이 나을 텐데, 라는 방관자 특유의 속 편한 체념이 숙변처럼 가득 들어 있다.

어떠한 상황에 있건, 흔히 보는 비극적 이야기가 아무에게도 도움이 되지 않는다는 사실을 나는 이미 현실의 언어, 그리고 언어라는 현실을 통해 배웠다. 비극의 돼지우리 속에서 사람은 돼지가 되어 오물의 미지근함 속에서 몸을 데우고 싶어한다. 나는 이런 현실이 마모되어 사라지지 않도록 몇 번이고 몇 번이고 기억을 되살릴 것이다. 무엇보다도, 돌로 된 현관바닥에 넘어져 두개골이 깨진 할머니가, 중환자실에 누운 시체나 다름없는 상태에서 세 번의 수술을 거쳐, 무릎 위에 안은 강아지에게 손등을 핥게 하면서 TV를 보며 멜론을 우물거리게 될 때까지의 반 년 이상, 어머니와 내가 저녁때마다 식탁에서 작전회의를 열고, 할머니를 짊어진 채 길도 없는 어두운 산맥을 행군해온, 병원에서부터의 경위를 주위의 친척들은 잊어버린 모양이었다. 태평하게도 의학과 우연의 힘만으로 할머니가 저절로 회복되었다는 생각은 완벽하게 잘못된 것이다. 나와 어머니가 석 달 동안 병원에 매일 갈 수 있었던 것은, 물론 친척들의 도움이 있어 그런 일과를 계속 진행할 수 있었지만, 그렇게 매일 찾아가는 것이 의학의 힘을 도와 할머니의 몸을 움직이게 해줄 것이라고 진심으로 끝까지 믿은 사람은 어머니와 나뿐이었다. 어머니와 나로서는 완벽하게 필연적으로 일어날 수밖에 없었던 성과였다. 진단 결과만을 확실한 지도로 삼아, 의사나 간호사들이, 연세도 있으시고 하니…… 하고 얼버무리는 말이면으로 과분한 꿈 같은 것은 바라지 말라고 은근히 체념을 권유해도 무시해버리고, 너희 같은 남한테 뭐가 제대로 보이겠어, 제기랄, 속으로는 욕을 해대면서 할머니의 몸을 나침반으로 하여 빛이 들어오는 방향을 점쳤던 것이다. "어떻게 죽을 지경에 있는 노인에 대해 그렇게까지 희망을 가질 수 있었는가?" 하고 누가 묻는다면, 현실이 나아지리란 것을 털끝만큼도 의심하지 않고 믿었기 때문이라고 대답할 수밖에 없다. 달콤한 꿈 같은 희망이 아니다, 반드시 찾아올 현실을 이미 약간씩 소유하기 시작했음을 확신하고 있었던 것이다, 털끝만큼의 의심도 없이!

헤이, 친구, 우리의 암호는 "할머니, 빨리 집에 가요"였다. 나도 어머니도 할머니의 머리맡에서 그 주문을 광신적으로 속삭이며 전심전력을 기울여 할머니의 손과 발, 얼굴을 문질렀다. '맹신'이 아니라 '광신'이었다. 만약 할머니가 아직도 병원에 있다면, 어머니와 나는 여전히 어떻게 하면 할머니를 집으로 모시고 갈 수 있을지 생각하며, 작전에 작전을 거듭하면서 믿어온 일을 계속하고 있을 것이다. 성공한 자택 간병인으로서의 여유가 그런 말을 하게 하는 것이 아니다. 지금껏 '도전자'로서 할머니의 자택 간병을 계속하는 내 여유의 결핍이, 순식간에 나를 그 무렵 주문을 외고 있던 나에게로 되돌려놓는 것이다. 병원에서 집으로, 지금의 나는 그 무렵 이상으로 지쳐빠진 상태지만, 그 무렵의 몇 배나 강하게, 나를 믿는 힘이 나와 나의 외부까지도 포함한 현실을 움직인다고 믿고 있다. 믿지 않는 말에는 혼이 깃들지 않는다. 할머니의 손을 나는 계속 자극해주었고, 손가락 구부렸다 펴기, 팔 벌리고 오므리기, 하체 굽혔다 펴기도 내 식으로 고안해서 마음대로 실천하였고, 한숨 돌리는 동안에는 내 손으로 할머니의 팔이나 다리를 계속 마찰시켰다. 돈 이상의 성과를 얻기 위해서 했던, 그것은 완전히 나의 노동, 속임수가 통하지 않는 성실한 노동이었다.

할머니와 같은 방에 있던 할머니는 미라처럼 딱딱하게 굳은 몸으로, 몇 십 년이나 그 병실에 살고 있는 것처럼 보였는데, 퍼석퍼석한 눈꺼풀 안쪽에서 간혹 생각을 전혀 읽어낼 수 없는 눈을 뜨곤 했다. 곁에 있던 가족처럼 보이는 중년의 여성은 다른 환자 가족들과 쓸데없는 수다 떨기에 여념이 없었다. 아무리 가족이 곁에 있어도, 간병하는 여성이 내뿜는 말은 할머니의 머리 위로 넘어 다니며 다른 사람들에게만 일시적인 향락의 대화를 유발하는 것뿐이었다. 마치 할머니가 거기에 존재하지 않는 듯한 흥겨운 말투는 나를 불쾌하게 만들었다. 나는 매일 병실로 진실한 친구를 찾으러 가는 것이 아니었기 때문에, 할머니한테만 매달리는 것 때문에 병실에서 내가 고립된다 해도, 나의 손을 멈추게 하고 나와 할머니의 전진을 늦추는 수다 떨기의 유혹에 빠지지 않았다. 섹시한 간호사를 꼬실 수 있었다 해도 나의 진정한 목표로부터 멀어질 뿐이었을 테니까, 차라리 내가 입원

했더라면 하며 성적인 망상에 빠져 억울해하는 데 그쳤고, 젊은 간호사들한테는 종종 '할머니의 애인'이라며 위로가 담긴 놀림을 받았다. 나의 친척이 나와 교대하자마자 다른 환자의 간병인들과 함께 '입원자 친족 모임'이라고 부를 만한 나태한 공기를 형성하는 것이 못마땅해서, 나는 그런 친척에게 할머니를 맡기는 죄책감 때문에 도망치듯이 병실을 나오곤 했다.

이 나라의 '끝장난' 부분을 축소시켜 놓은 듯한 그 병실에도 훌륭한 가족이 있었다. 댐 공사 중에 크게 부상당한 40대 아버지의 시중을 들고 있는 십대인 남매와 그 어머니가 그들이었다. 그 가족은 침대에 누워 있는 아버지가 몸에 무시무시한 의료기기를 하루 종일 연결하고 있고, 30분마다 가래를 기구로 흡입해야 하고, 우리 할머니 이상으로 말을 하지 못하는 몸이어도, 평소에도 그렇게 이야기하고 있었을 것이라고 짐작이 가는 모습으로 끊임없이 아버지에게 말을 걸고, 어디 불편한 데가 없나를 살피며 다녔다. 그 가족이 모두 한자리에 모이면, 그들의 뒷모습으로 둘러싸인 침대 주위만 밝은 빛을 내뿜는 것 같아서, 나와 우리 어머니처럼 가족의 침대를 또 하나의 집처럼 느끼고 있는 것이라 생각하여, 나는 은근한 연대감을 인사말 속에 풍기곤 했다. 사랑스러운 그 가족은, 무엇보다도 아픈 가족에게 목숨이 남아 있음을 기뻐하고 있었을 것이다.

나도 어머니도 그들과 똑같은 마음이었다. 할머니는 나의 노력으로 반드시 혈액순환만이라도 좋아질 것이었고, 피가 활발하게 신체의 말초 부분까지 순환되면 틀림없이 자극에 대한 반응도 더 좋아질 것이다. 그렇게 믿은 덕분에 정신을 차려보니 나는 '기적'과 '스스로를 믿는 재능'이라는 두 가지를 손에 쥐고 있었다. 오른쪽 손가락의 미세한 움직임이 오른손 전체로 퍼져나갔고, 마지막 순간까지 무반응이었던 왼손도, 그 손에 내 손을 겹쳐서 할머니 얼굴 위로 올린 내 머리를 시늉만이라도 쓰다듬게 하고 있을 때, 검지인지 중지 부분이 꿈틀 하고 구부러져서, 손가락이 다시 살아나는 최초의 움직임이 할머니의 의지를 싣고서 아직 검었던 나의 머리카락을 축복하듯이 쓰다듬기 시작했던 것이다. 왼손이 움직이기 시작한 후로는 변화에 속도가 붙었다. 무엇보다도 할머니 얼굴에 집을 그리워하는 표정이 생생하게 나타나기 시작했고, 그런 마음이 육체에도 나타나는 듯한 반응으로 할머니는 어머니와 나를 기쁘게 했다. 그리고 병원에서 억지로 집으로 모시고 온 후, 이번에는 다른 숲 속을 걸어갈 것을 가족으로서 선택했다. 자기 힘으로 걷지 못하는 노인이 매주 같은 층에서 모르는 환자가 한 사람, 또 한 사람씩 죽어나가는 병실에 머무르고 싶어할 리가 있겠는가?

가족이 간병을 포기하면서 일반병실에 남겨진 노인들에게 동정을 느낀 적은 있었지만, 현재 할머니의 상태가 '간병 필요도 최고 수준'에 해당된다고 해도 불쌍하게 여기거나 슬퍼해본 적은 없다. 도대체 이런 나의 어디에 제삼자와 똑같은 입장에서 울기 위한 쓰레기 눈물 따위가 들어 있겠는가. 자기 친어머니가 잠들어 있는 방 바로 옆에서 "사람이 저 지경이 되면 이제 볼장 다 본 거지, 나 같으면 죽는 편이 낫겠다" 하고 함부로 탄식하는 인간들을 지겹게 하기 위해서라도, 헤이, 친구여, 나는 돼지들의 거짓 눈물을 경멸하고, 할머니의 장수를 계속 지탱해주는 저주받은 악귀가 될 것이다. 평생을 돼지로 살다 가는 가짜 인간들을 비웃는 악귀 말이다. 나는 할머니를 위해 전력을 다하는 일에서 배우고, 비극적인 복수를 할머니가 나에게만 보여주는 웃음으로 이루겠다. 절대로 바꿀 수 없는 현실 같은 것은 없다고 믿으며 할머니에게도 그렇게 끊임없이 말해주고 행동한 결과, 할머니는 웃을 수 있게 되었고, 나는 '불행한 간병의 고통을 짊어진 나' 나 '특별한 효도를 하고 있는 나'로부터 해방되는 것을 느끼게 되었다. 나는 불멸의 적인 '돼지의 생각'에 대한 보복을 끊임없이 되풀이할 것이다. 적을 닮지 않고 맞서 싸운다는 철칙을 총처럼 가슴에 품고.

할머니의 행복이란 무엇인가? 그것은 쉽게 대답이 나오는 물음일까? 하지만 나는 그것을 생각하면서 할머니와 시간을 보내고, 그 행복이 무엇인지 명확한 대답은 나오지 않지만, 할머니의 웃음으로 나를 채점한다면 나는 매우 '우수함'이다. 절대평가, 상대평가 어느 쪽으로 채점해도 말이다. 물론 어머니는 각별한 존재여서 채점을 당하는 쪽의 입장이 아니다. 어머니 없이는 지금처럼 풍요로움을 유지하면서 할머니의 목숨을 연명할 수 없다. 자그마한 회사의 사장이라고는 하지만, 적금을 해약하면서, 홀로 할머니의 미래에 대범하게 도박을 계속하는 어머니, 더구나 자기가 직접 땀을 흘리는 간병인이기도 한 어머니. 그 절대적인 지원에 의존하면서, 마치 풍족하게 돈을 지원받으며 사는 우아한 부잣집 아들처럼 '우수한' 성적을 받는 나. 그러나 그것이 누구도 부정할 수 없는 절대적인 자기평가인 것도 분명하다. '자신이 많은 혜택을 받고 있다고 깨닫는 자는 혜택 받지 못했음을 한탄하는 자보다 감사의 마음이라는 혜택을 더 많이 받는다.' — 헤이, 이게 누구의 말인지 기억해주기 바래. 내가 방금 생각해낸 말이다, 친구.

말만으로 할머니의 행복을 염려하는 시늉 따윈 한 적이 없는 나는, 보다 쾌적하게 오줌 패드와 기저귀 덮개를 겹쳐서 까는 이상적인 자세를 발견하고, 엉덩이를 닦는 수건을 적실 물의 온도에 신경을 쓴다. 할머니의 식욕이 좋지 않을 때는 거즈로 짜낸 깨소금 가루를 죽에 첨가한다. 할머니가 느끼는 갈증의 정도를 혀와 입술의 소리를 통해, 그것이 저 짭짭거리는 소리로 변하기 전에 판단한다. 눈물에 젖은 할머니의 눈동자를 향해 말을 건다. 그때마다 내 머리에 행복이라는 두 글자 같은 것이 떠오를 리는 없지만, 그것이 내가 계속 탐구하는 과제라는 자부심은 잊은 적이 없다. 아마도 성실하게 할머니를 마주하는 것만이 거짓말 냄새가 나는 그 두 글자의 환영을 무산시키는 할머니의 웃음을 나에게 주고, 역설적으로 그 순간 할머니의 행복이 여기에 있다고 믿을 만한 경험을 하게 하는 것이다. 그래, 이렇게 이야기하는 순간이 아니라, 그 경험의 순간을 몇 번이고 재연하는 것 말고는 나와 할머니가 살아갈 길이 없다.

두 시간의 잠을 깨뜨리고 할머니의 음부를 닦고, 다시 두 시간 잠든 다음 아침에 기저귀를 간다. 그것 때문에 하루의 나머지 시간은 뒤죽박죽으로 황폐해진다. 매일 나는 죽는다, 고로 나는 존재한다. 나의 인생에는 가치가 없다. 이것이 나의 생활이 되었다. 나보다 두 배나 진하게 할머니의 피를 이어받은 할머니의 친자식들은 수고한다는 말조차 지저분하다고 내치고 싶은 나의 마음을 모른다. 마음은 반드시 행동으로 나타난다. 아니, 그것을 행동으로 나타내는 것이 가능하다고 믿지 않으면 나는 여기에 있지 못한다. 내 마음의 깊은 속내를 모르는 것은 내 행동의 깊이를 무시하고 있기 때문이라고 단정하겠다. '친척 아저씨, 아줌마'에서 무능한 어른 아이로 격하된 아버지의 남매들. 나는 죽은 아버지를 불쌍하게 생각하고, 아버지의 남매를 생기다 만 사마귀에 불과하다고 경멸하고, 독선과 고독 가운데 죽는 한이 있어도 그들과 같은 눈물이 내 눈에서 나오는 일은 절대로 없다고 영원히 깨닫는 것이다.

간병 입문 1, 〈무언으로 간병하지 말라. 환자는 간병침대라는 외딴 고도에 누워 있다. 아무리 같은 지붕 아래 있다고 해도 곁에서 떨어질 때는 그 섬을 떠난다고 생각하라. 고도에 남겨진 가족과 다시 만나게 되었을 때 말없이 있다면 만나는 보람 같은 것은 하나도 없지 않겠는가. 절대로 남의 말로 적당히 넘기려고 나태하게 굴지 말고, 자기 나름대로의 이야기를 하라. 할 말이 자기 안에 없다는

사실을 두려워하지 말고, 자기 말이 비어 있음을 직시할 때 새로운 말이 자기에게 찾아온다.〉

언제였던가. 할머니가 병원에서 돌아온 지 석 달이 채 안 된 일요일 — 유동식을 먹이기 위한 플라스틱 관을 할머니의 코에서 뺀 지 겨우 두 달 남짓 되었던 어느 겨울날 — 나는 부엌에서 저녁식사용 죽을 할머니의 입에 넣어주고 있었다. 앞뒤 생각하지 않고 피운 '히라기시 매트릭스' 때문에 나는 기분이 좋아지기는커녕 그것을 어머니한테 들키지 않을까 싶어 안절부절 못하는 상태였다. 더구나 중노동을 앞두고 스스로 한 발짝 내딛을 용기도 없어서, 간신히 풀에 취한 상태에 의지하는 것을 참으며, 죽과 된장국과 흰살 생선과 나물 사이에서 떨리는 숟가락을 방황시키고 있었다. 어머니는 할머니의 식사와 별도로 준비해야 하는 나와 어머니의 저녁 식사 때문에 바쁘게 레인지 앞을 돌아다니고 있었다. 식탁을 눈부시게 비추는 형광등은 항상 나에게 죽은 빛, 살균이나 멸균의 빛으로, 다시금 생의 부재를 상상하게 하여 나를 위압했다. "이 불빛 밑에서 인간답게 살아갈 수 있을까?" 하고 아베노에서 편의점 천장을 올려다보던 나에게, 지불할 잔돈을 5분 동안이나 헤아리게 한 불빛, 나의 그림자를 덮치는 하얀 어지럼증. 죄책감이 절망과 불안으로 비대해지는 것을 두려워한 나머지 나는 이미 자신이 누구인지도 모르는 채, 숟가락으로 뜬 죽의 물기가 흰 쌀알을 더욱 돋보이게 하고, 그 투명한 반짝임이 간신히 나의 팔을 움직이고 있는 것처럼 느끼고 있었다.

도망을 치면 칠수록 파탄의 발자국 소리, 그 기척은 더욱 가까워진다. 눈앞에서는 순모로 된 무릎 덮개를 덮고 실크 스카프까지 두른 작은 체구의 노인이 휠체어에 앉아 멍한 표정을 짓고 있었다. 순간적으로 내가 모르는 다른 노인이 앉아 있다는 생각이 들었다. 족보에서 기어 나온 몇 대나 전에 살았던 불행한 노인들이 할머니의 얼굴을 빌어 나를 타인처럼 원망스럽게 바라보는 것인지, 행복하지 못했던 삶을 저주하는 회색빛 얼굴이 점차, 벌써 죽은 지 15년도 더 된 외할머니, 내가 어렸을 때 이미 양쪽 눈의 시력을 거의 잃어버렸던 어머니의 양어머니의 고독한 얼굴과 비슷하게 보였고, 서로 닮았을 리가 없는 그 얼굴의 탐욕스러운 침묵은 틀림없이 나의 오만함과 불안을 꿰뚫어보고 있었다. 외가의 할머니, 죽기 전전날에 누워 있던 병상에서 "정말 예쁘다! 저기 좀 봐, 꽃이 얼마나 많이 피어 있는지!" 하고 아무도 없는 방 안에서 소리를 질렀다고 하는 그 할머니의 망령인가?

나는 출구도 없는 생각에 빠져들지 않기 위해 일부러 죽을 먹이는 일에 집중하여 노동으로 마음의 흔들림을 없애버리려 했다. "자, 할머니" 숟가락을 허공에 든 채 할머니를 뚫어지게 바라보았다. 그러나 나에게서 얼굴을 돌리고 영상이 좋지도 않은 TV에 멍한 시선을 보내는 그 눈은, 참으로 명백하게, 만사가 재미없고, 불만투성이고, 살아 있어도 별 볼일 없다고, 딱히 누구에게 불평하는 것은 아니지만 그런 목소리를 무언으로 내고 있다. 눈앞에 있는 내가 그저 방해만 되는 존재인 것처럼, 아무런 사고도 하지 못하는 바위나 나무나 병풍을 돌아서 가는 몸짓으로, 할머니는 내 머리 너머로 화면을 들여다보기 위해 머리를 몇 번이고 좌우로 움직였다. 열심히 시청하고 있는 것도 아닌 그 모습이 불안하기는 했지만 "죽 드세요" 하며 죽을 입에 넣어드리면 할머니는 이빨이 없는 입으로 꼭꼭 씹어 먹었다. 둥근 볼은 순조롭게 움직였고, 나는 일상으로 돌아왔다고 안심했다. 오늘은 먹어주는구나, 이 정도면 됐다고 생각하며 다음으로 작게 발라낸 생선을 숟가락으로 떠서 눈앞에 내밀었다. 할머니는 여전히 우울하게 TV를 쳐다보며 먹이를 재촉하듯이 입을 헤벌리고 나의 다음 동작을 기다리고 있었다. 그리고 할머니가 그런다고는 생각할 수 없을 만큼 지저분하게 입을 움직여 음식을 삼키고는 다시 혀를 보이며 입을 벌려서 밥을 넣으라고 무언으로 신호를 보냈다. 그 눈동자 속에 나는 없었다. 옛날 영화에서 보았던, 침대에 누운 채 시녀에게 젓가락질을 하게 한 중국의 폭군 모습이 녹색 스카프를 두른 노파와 겹쳐졌다. 나는 이 노파에게 존재하지 않는 사람일까? 당혹스러움이 뜨거운 덩어리가 되어 밀려와서 피부의 표면을 태웠다.

나는 대마초의 약효를 억누르기 위해, 마음의 동요를 억울한 누명이나 처벌로 착각하지 않기 위해, 벌을 주려면 줘라, 겁 많은 나에게 저주를 내리려면 내려라 하고 용감함을 쥐어짜지만, 버티지 못하고, 가냘픈 몸이 당장이라도 떨려올 듯해서, 무서운 것은 아무것도 없다고 스스로에게 거짓말하는 데 힘을 다 썼다. 숟가락과 벌써 다 식어버린 묽은 죽, 비옷을 만드는 천으로 뒤쪽을 방수 처리한 식사용 앞가리개, 알루미늄 프레임의 실내용 휠체어, 식후에는 반드시 거즈로 닦아주는 혀, 대낮처럼 허연 불빛, 나의 피의 일부가 된 대마초, 나를 무시하는 눈앞의 인물, 모든 것이 나와의 연관을 잃고, 나의 고독은 파탄으로 다가갔다. "할머니, 먹을 때는 음식을 보면서 먹어야지요. 안 그러면 맛이 없어요." 평소 같으면 고개를 끄덕일 말에 대해서도 할머니는 차

가운 눈길만 흘깃 줄 뿐, 그 눈길도 금세 다시 TV 속의 어딘가 먼 장소로 빨려 들어갔다. 죽음의 지루함에 잠긴 눈빛을 움직이지도 않고, 다시 비어 있는 분홍색의 입 안을 보이며 무언으로 명령을 계속한다. 봐라, 먹어라, 이건가? 할머니와 나는 거짓에 찬 흰 불빛 밑에서 점점 더 서로의 깊이와 존재감을 잃고, 돌멩이와 돌멩이가 되어 부엌에서 구르고 있었다. "할머니!" 몸을 굽히면서 마주한 나의 눈에는 죽은 자의 얼굴이 비쳤다. 얼마나 그렇게 서로를 노려보았는지 — 회색빛 시체와 같은 그 얼굴과, 묘지의 밤인지, 아니면 언제나 균일한 살벌함이 떠도는 공장인지, 사람이 살 수 없는 냉기가 부엌에 흘러, 집은 집이 아니었고, 할머니와 나는 서로 떨어져, 영원히 가족으로 돌아갈 수 없다고 느꼈다 — 할머니의 무시에 내가 의무감으로 죽을 계속 떠먹인다면. 당장이라도 소리치고 싶은 것을 참고, 대마의 기운을 나르는 피가 이마 안쪽으로 모여들어 전두엽을 뜨겁게 움직이는 것을 느끼며, 식사 시중 기계보다 할머니의 손자이고 싶다는 나를 발견하자, 나는 조용히 TV를 껐다.

나는 내가 계속 문질러서 움직이게 된 할머니의 가느다란 두 팔에 손을 얹고, 허무감으로 가득한 할머니의 냉랭한 눈동자, 내 생애 처음으로 나를 진정으로 무시한 그 눈동자를 올려다보았다. "할머니, 먹고 있을 때는 먹여주는 사람을 봐야지요." 목소리가 떨렸다. "입만 벌리면 알아서 음식을 넣어주겠지 하고 생각하면 안 돼요." 할머니는 약간 귀를 기울이는 듯이 나를 보았다. "할머니" 하고 거듭 말하는 내 목소리에, 죽어 있던 할머니의 검은 눈동자 안쪽에서 한 줄기 빛의 화살이 내 쪽을 향하여 다가오는 것처럼 보였다. 할머니가 골을 내는 것도 당연했다. 마음대로 이야기하지도 못하고, 거의 누워 있어야 하는 할머니는 행동으로 말을 할 수밖에 없었다. "할머니, 힘도 들고, 이것저것 마음에 들지 않을 수도 있어요. 하지만, 그런 태도는 좀 너무한 것 같지 않아요?" 순순히 얼굴을 옆으로 돌리는 사람은 틀림없이 내가 익숙하게 보아온 할머니였다. 뭔가 다시 생각하는 것처럼 보이기도 하고, 아무리 그래도 마음에 들지 않는 걸 어떡해, 살맛나는 일이 하나도 없는걸, 하고 옆으로 눈길을 돌리며 삐진 것처럼도 보여서, 너무도 솔직한 그 반응에 나는 안도감을 느끼기보다 어깨에 잔뜩 힘이 들어간 나야말로 할머니에게 좀더 너그러워도 될 텐데, 왜 이렇게 여유가 없을까 하고 한심하여 할머니한테 한 말을 벌써 후회하기 시작했다. 그렇다고 하나 나 자신도 어쩔 수 없이 흥분한 내 몸을 통제하지 못해서, 말하면 안 된다, 안 된다고 생각하면서도 말이 흘러나오는 것을 참을 수가 없었다. "할머니 혼자서가 아니라, 우리 다 같이 열심히 노력해서 여기까지 왔잖아요" 하는 말을 끝내기도 전에 동물의 흐느낌 같은 것이 내 어깨를 들먹이게 하고 눈물을 터져 나오게 해서 나는 할머니, 할머니 하고 대마초 냄새가 풍기는 뜨거운 숨을 몇 번이고 내쉬면서 할머니의 무릎 위에 머리를 떨구고 그 자리에 털썩 주저앉아 흐느끼고 말았다.

"아니, 너 왜 그러니? 어머니, 얘 오늘 좀 이상하지 않아요? 그렇죠? 아하하. 너 할머니한테 너무 열심히 매달리더니 지쳤구나. 어머니, 신경 쓰지 마세요. 얘가 좀 흥분한 것 같네요." 나 이상으로 힘들게 할머니를 업고 있었을 어머니는 별로 놀라는 기색도 없이, 젓가락을 한 손에 쥔 채 그렇게 분위기를 진정시켰다. 할머니는 어디를 어떻게 보아도 평소의 할머니 그 자체였고, 난처하다는 듯이 얼굴을 약간 찡그리면서도 미소를 짓는 표정으로 어머니의 얼굴을 올려다보고 있었다. "어머니는 그저 TV를 보고 싶으셨을 뿐이지요? 점심을 늦게 드셨으니까 음식도 별로 당기지 않았을 것이고. 자리에 다시 누우실래요?" 나는 창피한 줄도 모르고 울어버린 것에 대한 후유증을 보이면서 할머니의 식사를 중단하고, 나 혼자 이상하게 굴어서 할머니의 마음을 상하게 했다고, 돌이킬 수도 없는 실수에 고개를 숙이며 어머니를 도와 둘이서 할머니를 침대에 눕혀드렸다. 할머니의 머리맡에서 할머니 죄송해요 하고 병적인 헛소리를 눈물 섞인 목소리로 되풀이하면서 얼마나 울었을까. 그날 밤은 나와 교대해서 어머니가 할머니 옆에서 잤다.

이튿날부터 다시 할머니는 평소의 명랑한 모습으로 시중을 들러온 간병인 아줌마들을 편하게 해주었다. "어르신, 많이 드셔야 합니다! 그저 먹는 게 일이려니 하세요!" 하룻밤 지난 후에 느끼는 창피함과 죄책감에서 오는 나의 부자연스럽게 큰 목소리에도, 이빨이 없는 입을 움직이며 반짝이는 발그레한 볼로 응, 응 하고 고개를 끄덕였다. 그 이후로 낮시간에 간병인이 할머니에게 음식을 먹여드리고 있을 때라도 할머니가 TV에 넋을 잃고 입만 간병인 쪽으로 내미는 것을 보면, 나는 그래도 말을 해야 한다는 생각에 "할머니, 먹여주는 사람 쪽을 보면서 드세요" 하고 할머니의 어깨에 손을 짚으며 얼굴을 들여다본다. 입을 우물거리고 있던 할머니는, 내가 그렇게 느끼고 싶어서 그런 것인지 모르지만, 다른 말과는 분명히 다른 강한 동작으로 "아무렴, 잘 알고말고" 라고 말하듯이 더욱 크게 고개를 끄덕인다. 내가 할머니 앞에서 이상한 눈물을 흘린 일요일에 대해서는 할머니와 어머니와 나 말고는 아무도 모른다.

때때로, 당당하게 휠체어에 몸을 맡긴 채 TV를 보고 있는 할머니가 마치 부족의 족장처럼 든든하게 생각되면서, 자기를 키워준 부모건 혹은 부모의 부모건, 시중을 드는 것은 역시 당연하고도 좋은 일이라고 멍하니 느끼기도 한다. 대마를 피웠던 또 다른 날, 그날도 역시 할머니의 입으로 숟가락을 옮기면서 자신을 키워준 연장자를 당연히 공경해온 인간의 오랜 역사의 일부로 내가 지금 여기에 있고, 뿐만 아니라 나는 원시의 사람으로 여기 이제 갓 태어난 작은 사회에서 내가 바로 역사가 되어 삶을 다시 시작하고 있다는 생각이 들어 또 한번 별것 아닌 일에 크게 울어버렸다. 자신의 기억에 의지하면서 쇠약해지는 연장자를 시중들 때의 마음에는 인종도 시대도 대륙도 아무 상관이 없다. 할머니가 바로 이 할머니였기 때문이다. 이런 당연한 이치를 깨달을 수 있었다는 사실을 기꺼이 받아들이며 딱딱하게 굳은 입술로 "오래 사세요" 하고 할머니에게 속삭였다. 할머니는 가느다란 눈을 크게 뜨면서 장난을 치듯, 그러면서도 약간 신기해하는 얼굴로 나를 보며 웃었다.

대마초는 언제나 다른 각도에서 할머니와 나의 현실을 시사해주었다. 나는 절대적으로 올바른 생각으로 절대적으로 당연한 일을 해왔다. 그 결과 이제 할머니는 죽음으로부터 격리되어 있다고 믿는다 – 진심으로 그렇게 믿는 것만이 나를 지탱시켜준다. 그리고 그렇기 때문에 나는 할머니 주변에 죽음의 기척이 스며들지 않도록, 밤중에는 특히 엄중히 경계한다. 현관 앞 돌바닥에서 넘어진 사고 때문에 할머니의 두개골은 함몰되고 골절되었다. 어머니가 발견했을 때 할머니의 자그마한 체구는 핏물 웅덩이 속에 조용히 쓰러져 있었다고 한다. 그 시각, 나는 뉴욕에서 어머니가 새벽에 전화하라고 하는 꿈 때문에 잠을 깼다. 괴상한 꿈이네 하며 다시 이불을 뒤집어쓰고 잠들어, 점심 무렵에야 겨우 일어나 전화를 걸어봤더니, 시차 때문에 일요일 한밤중일 텐데, 평일 낮 시간이 아니면 우리 집에 있을 리가 없는 고모부가 받았다. "큰일 났다"로 시작된 고모부의 목소리는 힘없이 떨렸다. 부모의 회사를 그만둔 직후였던 그때, 나는 20일 동안 마음 내키는 대로 하던 여행을, 거의 중반에 접어들었던 그날로 때려치우고, 다음날에는 '춤추는 대수사 어쩌고' 하는 무참할 정도로 머리 나쁜 놈들을 위해 만들어진 나라망신용 영화를 상영해주는 포켓 몬스터 점보기를 타고 있었다. TV를 메우고 있는, 팔아먹기 위한 남녀의 외모와 육체, 게다가 직업으로 하고 있다고밖에 생각되지 않는 뻔한 연기를 심심풀이로라도 눈으로 좇는 나 자신이 추잡스러워, 이런 영화에 다같이 속는 수준 낮은 나라로 돌아갈 바에야 내가 탄 비행기가 통째로 바다에 추락해버리는 게 낫겠다고 진정으로 바랐다. 노스트라다무스의 대예언이 종말을 가리켰던 당일, 뉴욕은 호경기에 들떠서 종말의 기척조차 보이지 않았건만, 나는 파멸이 오지 않았던 하늘 위에서 종말보다도 '끝장난' 영화를 보아야만 했다.

여행에서 겨우 두 통 분량만큼 찍은 필름, 그 중 한 통의 20장 정도는 모두 돌아오는 기내에서 찍은 회색 구름 사진이다. 비행기 창문 밖을 바라보며 멍하니 셔터를 눌렀던 그 사진에는 내가 좋아하게 되어버린 도시나 사람이나 공기의 그림자는 찍혀 있지 않다. 절망하기에는 너무 짜증이 나버린 나의 시선은 허공을 떠돌며, 안정적으로 머물러 있을 장소 같은 것은 없다는 것을 알면서도 무언가를 찾아 아무런 재미도 없는 구름의 똥만을 허무하게 필름에 찍어놓았다. 날개 뒤로 남겨 두고 온 시간을 아까워하는 것은 잘못된 일일까? 운명이 나의 작은 모험의 싹을 뽑아버리겠다고 한다면, 나는 인생을 걸고 그 놈에게 복수할 것이다. 돌아가서 할머니가 만약 이 세상에 없으면 나는 행패를 부릴 것이다.

자, 그럼 나는 과연 어떤 나쁜 짓을 저지를까? 우선 제일 먼저 여행을 떠나기 전에 손을 모아 어머니와 할머니가 평온하고 무사하기를 기원한 조상의 묘와 위패, 불단, 호적 같은 것에 모조리 기름을 뿌리고 불태워버려야지. 나의 진심에서 나온 기도에도 도움을 주지 못할 정도로 힘이 없는 조상 따위는 모실 가치가 없다. 자손도 지키지 못하는 쓰레기 일당의 영혼이여, 내가 그 마지막 한 사람이 되어 결단코 자식을 낳지 않고 멸망하게 해주마. 내가 죽은 다음에는 너희들이 이 세상에 존재했다는 사실조차 아무도 모르는 세계를, 너희 이름이 살지 못하는 사막만을 남겨주마. 할머니가 죽었다면 절대로 용서치 않겠다. 너희들이 나에게 싸움을 걸었다고 간주하고, 목숨을 걸고라도 집안도 조상도 모두 멸망시켜버릴 것이다. 쓰레기 같은 핏줄로 세상을 더럽히지 않기 위해서라도 말이다.

거대한 대장의 주름 사이에 마치 멈춰 있는 듯이 고속으로 날아가는 비행기가 추락하기만을 기대하며, 나는 창문 안에서 수많은 부드러운 돌기처럼 보이는 구름바다를 내려다보고 있었다. 나는 볼품없는 나의 목숨을 비웃으면서 죽어가고 싶다. 나의 작은 소망의 허리를 꺾고 희열에 잠기는 비극, 그 먹이에 불과한 나는 언제라도 자해해서 그 계획을 좌절시켜주마. 이렇게 유쾌한 죽음은 없다. 내가 죽는 것이니 가족이 죽건 말건 아무렇지도 않다. 비운의 먹이가 되지는 않는다는 것을 나는 허무하게 죽는 것으로 증명해 보이고야 말겠다. 죽는 순간에 내 망막에 들러붙는 잔상은 국수주의 계열 방송국이 제작하여 엄청나게 잘 팔린 쓰레기 영화에서 너무도 진지하게 연기의 연기를 하는 상업연기자들의 소비 당하는 육체다. 기쁘게 죽어주마, 문화오염과 함께 자살을, 하하……. 비행기는 아무런 매력도 없는 이완의 나라를 향하여 순조롭게 날아갔다.

추락의 소망이 이루어지지 않은 채 귀국한 다음날부터는 내 여행의 무대가 맨해튼 섬에서 할머니의 침대 옆으로 바뀌었을 뿐이다. Public Enemy, Biz Markie, Cold Crush Brothers, Guided By Voices, 우연히 알게 된 멜빈즈 레코드 가게의 점원에게 에릭과 보기로 약속하고 예매했던 공연을 이제 보지 못하게 되었으니 그 티켓을 주겠다고 내밀었다가 무지 싫은 얼굴을 보게 된 Ministry, 그리고 그 두 배 이상의 밴드를 맨해튼 섬에서 보고 있었을 시간, 나는 집중치료실의 죽음의 벼랑에서 침묵하고 있던 할머니의 차가운 사지를 계속 문지르고 있었다. 일찌감치 목숨 연명 장치에 의한 식물 상태보다는 자연사를 택하는 편이 낫다는 의견에 정신이 팔린 친척들을 무시하고, 할머니와 나 사이의 연결고리를 발견하려고 노력했다. 할머니의 몸 외에는 다른 어떠한 기회도 내 앞에 존재하지 않는다는 사실을 발견했다. 그것은 아무것도 보증할 수 없는 초보 음악가의 즉흥연주였다. "무리하지 말아라"라는 친척들의 진심 어린 말을 흔쾌히 받아들이는 척하면서 나는 무리하며 살기로 맹세했다. "헤이, 친구, 아직 시작도 하지 않은 네놈의 음악이 그렇게도 중요한 것이냐? 부모의 회사도 그만두었으니, 가족 같은 것은 상관하지 않고 자유롭게 살겠다고 마음먹고 있었던 것이냐? 멋진 도시가 너까지 멋지고 대단하게 해줄 거라고 기대하고 있었던 거냐?" 아아, 그럼, 당연히 그랬지, 그 비행기에 탈 때까지는 말이야. 나는 내가 상상하는 자기 멋대로의 미래 같은 것은 포켓 몬스터 점보기의 창문으로 벌써 던져버린 상태였기 때문에 무슨 일이든 할 수 있었다.

내가 동생인 유야, 자식을 낳지 못한 아버지의 누나 밑에서 양자로 자라난 나의 동생 유야를 중환자실로 데리고 들어갔을 때의 일이다. 나와 유야는 일단은 입에 씌웠던 부직포로 된 마스크와 수술실에서 의사가 쓰는 두건을 모두 벗어던지고, 할머니의 눈꺼풀을 손가락으로 억지로 열어 그 눈에 비치는 우리 형제의 얼굴에 대한 반응을 들여다보며, 산 맞은편까지 들릴 만큼 큰 소리로 몇 번이고 할머니를 불렀다. 그러자 초점이 맞지 않던 회색 홍채가 조여지면서 분명히 동생과 나에게 반응하고 있다는 것을 알 수 있었다. "형, 우리 목소리가 너무 큰 것 아냐? 억지로 눈꺼풀을 열어도 괜찮은가?" "이 바보야, 지금 눈이 움직인 거 안 보였어? 의사도 간호사도 아무 말이 없는 걸 보면 이것도 좋은 자극이라는 소리야. 이런 일을 누가 해주겠어? 가만히 있으면 적당히 슬렁슬렁 넘어가버리지. 들리기는 하는데 눈을 뜰 수 없을 뿐이야. 할머니! 유야가 왔어요!" "할머니, 저 유야예요! 금방 나을 테니까 걱정하지 마세요!" 우리 목소리에 이끌려서, 떨어져 있기는 하지만 옆에 있던 침대를 둘러싼 다른 가족들도 얌전한 행동에서 벗어나 "아버지! 아버지!" 하고 더욱 강하게 꾸미지 않은 목소리로 외치면서 생사를 헤매는 가족의 의식을 다시 끌어당기려고 했다. 몇 팀이나 되는 가족들이 일제히 울어서 퉁퉁 부은 얼굴로 어깨를 감싸 안으며 서로의 몸에 매달려, 그 힘으로 지탱해가는, 저 무덤으로 가는 대기실에서 나는 다시 여행을 계속하고 있다. 겨우 열흘 만에 극적으로 다른 곳으로 변해버린 같은 장소에서, 나는 오늘까지 '오늘'을 되풀이하는 여행을 계속해온 것이었다. 그렇기 때문에 내가 매일 밤 잠드는 침상 옆에 저 차갑고 어두운 세계가 다시 찾아온다고 상상하기만 해도 헛

발질을 하는 듯한 초조감이 밀려와, 나는 제정신을 암흑에 먹혀버릴 것만 같다.

"죽어라, 죽어라, 죽어라" 하고 나온 내 말이 할머니의 귀에 닿았다면 나는 이 여행을 어떻게 계속해야 할까? 나를 향한 의존심에서건, 잠시 동안의 장난으로서의 광기에서건, 죽음을 할머니로부터 떨어뜨리기 위한 목적으로만 살아온 나는 진짜로 정신이 돌아버렸다고 해도, 다시 제로에서 모든 것을 새로 쌓을 것이다. 그렇지 않으면 나는 죽지 못한다. 자살 같은 것은 도저히 할 수 없다. 해야 할 일이 너무 많다. 운명에 대한 복수는 영원히 끝나지 않는다. 매일 밤 나는 나의 간이침대보다 약간 높은 간병용 침대에서 할머니의 어린아이 같은 미소를 확인하고, 작은 전구의 희미한 빛 속에서 몰래 안심한다. 사이좋은 아이들이 잘 자라는 인사를 미소만으로 나누듯이. 잠자는 할머니가 쉰 소리를 내며 숨을 들이쉬고 내쉬는 틈새에서, 정신을 차려보면 나는 할머니에게 등을 돌리고 벽 쪽으로 도망치듯이, 소리 때문에 엇갈리는 얕은 잠을 잔다. 다음에 눈을 뜨는 것이 할머니의 시체와 더불어 자고 있는 아침으로 시작되지 않기를 기도하면서.

나는 항상 '할머니, 할머니, 할머니' 여서, 이 집에 있으면서 할머니를 마주 대하는 시간 동안만 간신히 이 세상에 존재하고 있는 것 같다. 나도 모르는 사이에 할머니의 시중만을 내 지팡이로 삼아, 거기에 매달리는 것으로 살아오고 있었다. 그 이외의 시간에 나는 피폐한 나의 껍데기를 어쩌지 못한 채 죽어 있다. 죽어 있는 나를 잊기 위해서인지, 죽어 있다는 사실을 보다 생생한 색채로 알리기 위해서인지, 밤마다 타르로 끈적이는 파이프로 대마초를 피운다. 또 노란색이 날아다니고 있네! 나는 가짜 인생을 살기보다는 핏줄이 드러나는 눈알을 치켜뜨고, 나를 희롱하는 대마의 큰 파도에 휩싸여서 죽어 있는 나를 다시 쳐다보고 싶다. 그곳에서가 아니면 나로서는 할 수 없는 생각의 방식이 있다. 싸구려 알코올로 자신을 기만한 바보들이 나태한 잠에 빠져 있는 시간, 죽어 있는 나는 그램당 8500엔의 철야에서 살기 위한 빛을 찾는 것이다. 헤이, 오늘밤에는 자지 않는다. 슬슬 '다우너 대학 야간 간병 실기' 시간이 오고 있는 것이다. 잡초의 재로 숨을 막고, 문을 열고, 나는 어두운 계단을 내려간다.

그 전에, 헤이, 친구, 'Cabin Man'이 마지막 순간에 철교 꼭대기에서 뭐라고 외쳤는지 아는가? "이봐, 아저씨! 거기서 뭐하고 있는 거야?" 자살 직전의 인간이 이 놈한테 뭐라고 외치며 대답했는지 가르쳐주지. "I WANNA RIIIIIISE! I WANNA RIIIIIIIIIISE! I WANNA RIIIIIIIIIIIIIIISE! I WANNA RIIIIIIIIIIIIIIIIIISE! I WANNA RIIIIIIIIIIIIIIIIIIIISE! I WANNA RISE!"

헤이, 친구, 내 이야기는 여기까지다.

〈주〉 글 속에서 가사를 인용한 'Cabin Man'은 1998년에 발표된 Cows의 앨범, "SORRY IN PIG MINOR" (Amphetamine Reptile Records / amrep 066-2)에 수록되어 있다. 가사는 Eric Hanson씨가 청취한 것을 참조하여 인용하였다.

역자 후기

처음에는 어떻게 이런 작품이 일본에서도 손꼽히는 문학상을 받을 수 있었는지 신기할 따름이었다. 아무리 일본이 고령화 사회에 접어들어 '노인의 자택간병'이 심각한 사회적 문제가 되고 있다고 해도 말이다. 수시로 화제가 바뀌는 산만한 문장, 읽고 있다보면 숨을 헐떡거리게 되는 길고 난해한 글, 그래서 도무지 말하고자 하는 바를 가늠하기 힘든 내용이었다.

그러나 읽다보니 이것이 바로 저자의 글의 특성임을 알 수 있었다. 사람은 자기가 아무리 논리적으로 생각한다고 믿어도, 그 생각은 문자화된 글처럼 논리정연하지도 않고 앞뒤가 맞지도 않다. 주제가 될 수 있는 단어를 만날 때마다, 그 주제와 연관이 있는 다른 상념으로 뛰어넘어 갔다가, 한참이 지난 후에 다시 원위치로 돌아오거나, 혹은 아예 엉뚱한 곳에서 생각을 맺곤 한다.

이 글은 바로 이러한 '사람이 생각할 때의 패턴'을 그대로 글로 옮겨놓은 것이다.

이 작품은 처음부터 끝까지 한 사람의 독백으로 이루어져 있다. 도중에 다른 사람들의 말을 인용해 놓은 부분은 있어도 기본적인 설명문 자체가 독백이다. 이리저리 주제가 바뀌는 가운데서도 전체를 놓고 보면 주인공이 할머니를 어떻게 간병하게 되었고, 구체적으로 어떤 일들을 하고 있으며, 주변 사람들이 어떻게 그 간병에 관여하고, 그런 행동에 대해 주인공이 어떤 생각을 가지고 있는지 분명하게 알 수 있다.

감탄할 만한 것은 이 작품 어디를 보아도 감정을 나타내는 표현(기쁘다, 슬프다, 안타깝다 등)을 찾아보기 힘든데도 불구하고 주인공이 느끼는 감정들이 글 속에 매우 확연하게 드러난다는 점이다. 특히 환자인 할머니에 대한 주인공의 따뜻한 사랑은 온갖 경박스러운 말들 속에서도 흐려지지 않고, 오히려 더욱 밝게 빛을 발하고 있다.

이 작품을 번역하면서 가장 어려웠던 점은, 원문이 가지고 있는 경박스러움과 리듬을 표현하는 것이었다. 그중에서 리듬에 대해 말하자면, 산만하게만 보이는 문장을 따라가다보면 어느새 일정한 리듬감을 느끼게 되는데, 이는 어쩌면 주인공이 하고 있다는 음악(rap인지 rock인지는 분명하지 않다)이 가진 리듬일지도 모른다.

그리고 경박한 말투에 대해서도 다시 한 번 생각하게 되었다. 글을 통해 작가가 주장하고 있듯이 '말'은 그 사람의 인격을 대변해주지 않는다. 오히려 '말' 때문에 상대방의 본성을 제대로 파악하지 못하는 경우가 허다하다. 이 작품은 바로 이것을 보여주는 실제적인 예인 것 같다.

이미 고령화 사회로 접어든 일본에서 겪고 있는 자택간병의 현실을 담은 이 작품은 앞으로 고령화 사회를 맞이하게 될 한국에 사는 우리에게도 참으로 많은 도움을 주리라 생각한다. '고령화 사회에서 이루어지는 노인의 자택간병'이라는 딱딱한 주제를 아주 현실적으로, 하지만 담담하게 그려낸 내용이기 때문이다.

임희선